Amor prohibido

Johanna Lindsey

Amor prohibido

Traducción de Ignacio Alonso

Círculo de Lectores

No necesitan lazos ni bonitos vestidos, tan sólo necesitan encontrar un hogar, y recibir la sonrisa o el abrazo de un ser querido.

1

Vincent Everett esperaba sentado en su carruaje frente a una línea de modernas casas adosadas en un barrio londinense. Era una de las noches más frías del invierno; aun así, abrió una de las ventanillas del vehículo para poder ver con claridad el otro lado de la calle. Hacía tanto frío que no le habría sorprendido que comenzase a nevar de un momento a otro.

No estaba seguro de por qué estaba allí exponiéndose a las inclemencias del tiempo. No dudaba que su secretario, Horace Dudley, hubiera entregado el apercibimiento que concedía a los inquilinos de la vivienda dos días para abandonar la casa. Esto no era sino un paso más en su decisión de arruinar a la familia Ascot, que vivía allí. Quizá no fuera más que aburrimiento, o que no tenía ningún otro plan aquella tarde.

La decisión de arruinar a esta familia en particular no provocaba emoción alguna en él. Vincent no había experimentado ninguna verdadera emoción desde su infancia, ni quería volver a conocer nunca más algo tan doloroso. Era mucho, mucho más fácil vivir con una piedra por corazón; hacía que asuntos sencillos como desahuciar a una familia durante las Navidades fuesen una mera cuestión de trámite.

No, la metódica destrucción de los Ascot no era un asunto emocional, sino más bien un tema personal. Albert, el hermano menor de Vincent, lo había convertido en algo personal al echar la culpa a George Ascot del fracaso de sus negocios y finanzas.

Albert había perdido la mayor parte de su herencia él solo, sin ayuda de nadie. No obstante, había aprendido de sus errores. Con lo poco que le quedaba había tratado de abrir un negocio para mantenerse; así no sería una sangría continua para Vincent y podría sentirse orgulloso de sí mismo. Había comprado varios barcos mercantes, y abierto una pequeña oficina en Portsmouth. Pero, al parecer, Ascot, un comerciante naviero ya establecido, tuvo miedo de la competencia y se propuso socavar todos sus esfuerzos y arruinarlo antes incluso de que comenzase.

Ésos eran los pormenores de la carta de Albert, lo único que había dejado antes de desaparecer. Eso y un sorprendente número de acreedores que continuaban presentándose a la puerta de Vincent. Temía que su hermano se hubiese ocultado para suicidarse discretamente en algún lugar donde nadie lo encontrase, como tantas veces había amenazado con hacer. ¿Qué otra cosa podía pensar, si la carta de Albert concluía diciendo: «Es el único modo que se me ocurre para dejar de ser una vergüenza y una carga para ti»?

El fallecimiento de Albert dejaba a Vincent sin familia, aunque, para ser sinceros, nunca se había considerado un miembro de su propia familia y carecer de una apenas le afectaba. Sus padres habían muerto justo después de que Vincent alcanzase la mayoría de edad, y habían dejado solos a los dos hermanos en un intervalo menor a un año. Sin otros parientes, ni siquiera lejanos, los hermanos deberían de haber estado unidos, pero no fue así. Puede que Albert hubiese sentido cierta proximidad o incluso cierta dependencia hacia Vincent. El menor esperaba que el mundo y todo lo que había en él girase en torno suyo. Una idea absurda que sus padres habían fomentado al hacer de él su juguete, su entretenimiento, su favorito. Vincent había sido simplemente el heredero reservado y aburrido del que nunca se habían ocupado demasiado.

Era asombroso que Vincent nunca hubiese odiado a su hermano, pero para odiar es necesario experimentar algún tipo de emoción. Por esa misma razón, tampoco lo había amado, simplemente toleraba las debilidades de su hermano porque era de la familia. Que hubiese recogido el guante, por así decirlo, en nombre de Albert, era tanto un hábito adquirido como una cuestión de orgullo. Que George Ascot pudiera derrotar a un Everett sin sufrir las consecuencias, era un insulto al buen nombre de la familia. Pronto lo sabría. La última cosa que podía hacer Vincent por su hermano era vengarse de los Ascot.

La nevada que estaba esperando llegó justo cuando la puerta al otro lado de la calle se abrió tras el aldabonazo de Dudley. Le resultaba difícil ver a causa de los copos de nieve, pero pudo adivinar el movimiento fluido de una falda; había abierto la puerta una mujer, así que George Ascot no estaba en casa. Los informes indicaban que se había hecho a la mar la primera semana de septiembre y, más de tres meses después, aún no había regresado a Inglaterra. Su ausencia había facilitado en gran medida las represalias de Vincent. Cuando Ascot volviese, se encontraría con que sus créditos estaban cancelados, así como la colaboración de muchos proveedores, y su casa embargada por falta de pago a sus acreedores.

Vincent todavía no había resuelto si seguir con su campaña al día siguiente, o esperar al regreso de Ascot. El apercibimiento de desahucio bien podría ser el golpe de gracia, la culminación de varias semanas de trabajo, pero era muy poco satisfactorio teniendo en cuenta que Ascot en persona no estaba para recibir la noticia.

En realidad, todo este asunto de la venganza le estaba resultando un tanto desagradable. No era algo que él quisiese hacer, no lo había hecho antes y no era probable que lo volviese a hacer. Pero era algo que, en su fuero interno, sentía que debía hacer; al menos en esta ocasión. Quería terminar con todo eso cuanto antes, pero Ascot, con su prolongada ausencia, no se había prestado a colaborar en la rápida consecución de los objetivos de Vincent.

Ya debería haber vuelto. Vincent contaba con que él estuviese de regreso. Las esperas no eran de su agrado, y menos aún si debía permanecer en su carruaje, pasando frío, sin tener necesidad de estar allí y sin estar seguro de por qué estaba a la intemperie. Estaba comenzando a irritarse, sobre todo por el tiempo que se estaba tomando Dudley en dar la noticia. ¿Cuánto tiempo, maldita sea, se necesita para tenderle a alguien una hoja de papel?

Por fin se cerró la puerta al otro lado de la calle. El secretario se quedó quieto frente a la entrada, sin volverse. ¿Habría cumplido con su tarea, o le habían cerrado la puerta antes de que tuviese tiempo de hacerlo? ¿Qué demonios estaba haciendo allí parado con la nevada que estaba cayendo?

Vincent estaba a punto de salir del carruaje para ir a averiguar qué ocurría cuando Dudley finalmente giró sobre sus talones y se dirigió hacia él. Vincent se apresuró a abrirle la puerta movido más por la impaciencia que por el deseo de proteger a su secretario de la gélida ventisca que barría la calle. Sin embargo, Horace Dudley no hizo ademán alguno de entrar en el vehículo; se quedó junto a él, bajo la nevada, como si estuviese completamente loco.

Antes de que Vincent tuviese tiempo de preguntarle por su extraño comportamiento, su secretario anunció:

–Nunca, jamás en mi vida había hecho algo tan despreciable, milord, ni pienso volver a hacerlo. Me despido.

–¿Que se despide? –inquirió Vincent enarcando una ceja.

–Encontrará mi carta de dimisión formal e irrevocable en la mesa de su despacho mañana a primera hora.

Vincent saboreó un instante el estupor que sentía (no era muy común que algo le sorprendiese), pero entonces la ansiedad se apoderó de él.

–Entre en el maldito carruaje, señor Dudley. Ya podrá explicarse cuando esté protegido de este endiablado clima.

–Es usted muy amable, milord –replicó Dudley con una fría formalidad–. Pero regresaré a casa por mi cuenta, muchas gracias.

–No sea absurdo, no encontrará transporte con esta nevada.

–Sabré arreglármelas.

Dicho esto, el secretario cerró la portezuela del carruaje y comenzó a caminar calle abajo. Normalmente Vincent se hubiese limitado a encogerse de hombros y olvidar el asunto de inmediato, pero sentía cierta ansiedad: en su caso, eso era tanto como decir que se emocionaba.

Se sorprendió a sí mismo saliendo del vehículo, y yendo tras los pasos de Dudley.

–¿Se puede saber qué demonios ha ocurrido en esa casa que lo ha trastornado tanto?

Horace Dudley se volvió con la cara congestionada de emoción más que pálida por el frío.

–Si continúo hablando con usted, me avergonzaré de mí más de lo tolerable, milord. Por favor, le ruego que acepte mi dimisión y que lo...

–En absoluto voy a aceptarlo. Ha estado conmigo durante ocho años. No puede abandonarme por una minucia como ésa.

–¿Una minucia? –El hombrecillo estalló–. Si usted hubiese visto la desesperación plasmada en la cara de aquella joven como la he visto yo, le habría partido el corazón, al menos a mí me lo ha roto...

Una muchacha tan bonita... Su cara me atormentará el resto de mis días.

Después de haber dicho esto, y al parecer creerlo, Dudley continuó su camino sin añadir ni una palabra, dando así por concluida la conversación. Esta vez Vincent lo dejó marchar y dirigió una iracunda mirada a la casa.

En ese momento era ya una más de sus posesiones. Había invertido una buena cantidad de favores hasta coaccionar al antiguo propietario, lograr que olvidara el contrato verbal que tenía con George Ascot y que le vendiese a él las escrituras. Ascot había sellado un pacto de caballeros con el antiguo propietario, le había pagado una buena parte del precio de la vivienda y le pagaría el resto en plazos anuales. Todavía estaba pagando la hipoteca, no era dueño de la vivienda.

Vincent había comprado las escrituras y enviado una nota al inquilino exigiéndole el pago inmediato del resto de la hipoteca. Sabía perfectamente que George Ascot no se hallaba en Inglaterra para recibir el aviso y que no podía pedir a nadie que le consiguiera un préstamo. Perdería su casa junto con todas sus pertenencias... y no lo sabría hasta que regresase, y entonces sería demasiado tarde para rescatar sus inversiones.

Había sido un golpe certero a las finanzas de Ascot, así como a su reputación, pues no podría hacer frente a sus acreedores ahora que había perdido su vivienda. De todos modos, Vincent no había previsto que con esta última maniobra pudiera perder a su valioso secretario.

Así que una muchacha bonita, ¿eh? Debía de ser la hija de Ascot. Ninguna otra mujer en la residencia de Ascot podría mostrarse tan afectada por una orden de desahucio, poner una mirada tan lastimera, puesto que sólo había una mujer en esa familia: una jovencita en edad de merecer. La esposa de Ascot había muerto hacía años. Vincent recordó que también tenía un hijo.

Se encontró aproximándose a la casa; solo por curiosidad, se dijo a sí mismo. Llamó a la puerta y, después de esperar varios minutos, durante los cuales la nieve seguía cayendo y se amontonaba sobre los hombros de su gabán, llegó a la conclusión de que esa curiosidad no era más que una tontería y, además, no necesitaba satisfacer su ego.

Estaba dándose la vuelta para marcharse cuando la puerta se abrió. ¿Una bella muchacha? En el marco de la puerta se recortaba la figura de una hermosa joven rodeada por una aureola formada por la tenue luz del interior de la vivienda. La belleza de la muchacha le cortó la respiración. ¿A esa mujer era a quien había arrojado a las nevadas calles de la ciudad? ¿A esa criatura de belleza exquisita y aspecto desamparado? Maldita sea.

2

Larissa Ascot estaba de pie en el marco de la puerta, mirando fijamente a la alta figura plantada ante ella. Los copos de nieve le azotaban la cara, pero ella no parecía notarlos, ni tampoco parecía sentir el frío.

Habían sido demasiados los asuntos de los que había tenido que ocuparse en las últimas semanas. El carnicero y el panadero se habían negado a concederles más crédito hasta que saldaran la deuda acumulada hasta ese momento. Por si eso fuese poco, Thomas, su hermano, estaba enfermo y necesitaba constantemente cuidados. El banquero se había disculpado explicándole con mucha paciencia que ella no podría tener acceso a los fondos de su padre a no ser que contase con una autorización expresa del mismo. El presupuesto doméstico había sido ampliado, y debería haber sido suficiente para los imprevistos de todo un año, pero fue insuficiente. La muchacha había tenido que pagar no sólo a esos malvados comerciantes que se presentaban a su puerta exigiendo el pago inmediato de sus cuentas, sino que debía conseguir dinero en efectivo para poner algo de comida en la mesa.

Había tenido que despedir a la mayoría de los criados; eso había hecho que enfermase del estómago, literalmente. Muchos de sus criados habían servido a la familia durante años, habían venido con ellos cuando los Ascot se mudaron de Portsmouth a Londres hacía tres años, cuando su padre había ampliado sus negocios y se había establecido en la capital. Había sido un duro golpe para los miembros del servicio perder sus empleos justo a principios de Navidad, tan duro como para ella tener que despedirlos. Le hubiese sido totalmente imposible pagarles el salario mensual y, con su padre fuera de casa un mes más de lo previsto, no podía asegurarles que regresase a tiempo para abonar sus honorarios.

Y luego este... este desahucio. Repentino, inesperado, sin aviso previo. El hombrecillo le había dicho que el nuevo propietario les había enviado el aviso por correo, que habían sido advertidos con suficiente antelación... pero ella no había leído el correo de su padre, por eso no lo sabía. ¿Un nuevo dueño? ¿Cómo podía el señor Adams, a quien le estaban comprando la casa, vender la propiedad a un tercero a sus espaldas? ¿Eso era legal? Además, sólo les quedaban por pagar unos pocos miles de libras para saldar el precio de la vivienda.

No alcanzaba a comprender cómo podía haber llegado a suceder todo aquello; cómo comerciantes que habían tratado con su familia durante años, de pronto, dejaban de confiar en ellos y les exigían el pago inmediato de las deudas, en vez de esperar a fin de año, como era costumbre; no entendía cómo era posible que hubiesen perdido su casa. Tenían un día para abandonarla. Mañana deberían tener sus pertenencias embaladas y marcharse. ¿Cómo lo harían? No tenían dinero para alquilar carros de mudanza. ¿Adónde podrían ir? Ya habían vendido su antigua casa en Portsmouth. No tenían familiares. La antigua propiedad familiar que poseían en Kent era sólo un terreno inhabitable y, por otra parte, el doctor le había advertido encarecidamente que Thomas debía guardar cama y mantenerse al resguardo de las corrientes de aire o, de lo contrario, su estado de salud podría empeorar.

–¿Se encuentra bien, señorita?

La forma que estaba ante ella fue perfilándose poco a poco. Un hombre alto enfundado en un grueso abrigo. Podría ser obeso o delgado, pues el pesado tabardo no dejaba adivinar su constitución; tampoco es que le importara demasiado. Larissa estaba tratando de encontrar algo que la sacase del lodazal donde su mente se encontraba. Debía de ser atractivo, aunque era difícil saberlo, pues tenía las mejillas y la nariz cubiertas de nieve. No parecía muy joven... quizá tuviese treinta años.

–¿Señorita?

¿Cuál había sido la pregunta? Ah, sí, si se encontraba bien. ¿Contestaría a su pregunta que comenzara a reír de manera histérica?

–No, creo que no me encuentro nada bien –contestó con sinceridad.

De pronto se dio cuenta de que había abierto una puerta a la comunicación y se establecería una conversación que no tenía ganas de mantener.

–Si viene a hablar con mi padre –añadió con presteza–, debo decirle que no está en casa.

–Lo sé. –Larissa lo miró con el ceño fruncido, y él continuó–: Soy Vincent Everett, barón Everett de Windsmoor.

–El barón... ¿El nuevo propietario?

Increíble. Menudo descaro, presentarse allí después de que entregasen su devastadora orden de desahucio. ¿Habría venido a regodearse? ¿Habría venido a cerciorarse personalmente de que habían recibido el aviso para no tener que recurrir a un magistrado que los obligase físicamente a abandonar la casa? Algo que ocurriría, sin duda, porque no había manera de que lograse empaquetar todas sus pertenencias y sacarlas de la casa al día siguiente, no sería capaz de hacerlo aunque tuviese un lugar adonde ir.

Suponía que los muebles podrían guardarse en la oficina de su padre, en los muelles. Incluso habría podido instalarse allí con su hermano durante una temporada, si éste no estuviese tan enfermo. Pero las corrientes de aire de la oficina eran peligrosas hasta en verano, y someter a Thomas al frío y la humedad que venían del Támesis era impensable. ¿Qué podía hacer? No tenía dinero para pagar un alquiler, ni siquiera para comprar comida. Había ido aplazando la venta de sus pertenencias con la vana esperanza de que uno de esos días su padre apareciese por la puerta y pusiera las cosas en orden. Lo había pospuesto durante demasiado tiempo, y ahora era tarde.

Su instinto le ordenaba cerrarle la puerta al barón en las narices. Quizá fuese el dueño de la casa, pero, hasta el día siguiente, era ella quien estaba allí. Por otro lado, él no había dicho a qué había venido y, aunque su mundo se estuviese desmoronando, no estaba dispuesta a olvidar las normas elementales de cortesía. Le daría cinco segundos para que expusiese la razón de su visita y luego le cerraría la puerta.

–¿A qué ha venido aquí, lord Everett?

–Mi secretario estaba bastante disgustado.

–¿El hombre que vino antes que usted?

–Sí. Y, por lo que dijo... estoy comenzando a creer que ha habido un terrible malentendido.

–¿Malentendido? Tengo una orden de desahucio –explicó–. Está todo muy claro y, por si acaso no hubiese sido capaz de comprender algo, su secretario se molestó en leérmela en voz alta. Creo que no se ha dado ningún... malentendido.

Larissa no pudo dejar de notar la amargura de su propia voz. Le parecía atroz mostrar sus sentimientos tan claramente a un extraño, pero no tenía manera de coartar las sobrecogedoras emociones que la embargaban. Mejor la ira que las lágrimas, pensó. Las lágrimas habrían llegado con toda seguridad, de no haber estado aturdida por el tremendo golpe emocional sufrido poco antes. Afortunadamente, podría contener el llanto hasta hallarse sola.

–No me estoy refiriendo a un error, señorita –explicó–. Hablo de algo más, de un asunto que no podré aclarar hasta que no me entreviste con su padre. Necesitaré una dirección donde localizarles a partir de mañana.

El ánimo la abandonó y sus hombros cayeron. ¿Cómo se le había podido ocurrir, aunque sólo fuese por un instante, que el malentendido se refería al desahucio y que, después de todo, conservarían la casa?

–No tengo ninguna dirección que dar –replicó casi con un susurro–. Sinceramente, no tengo ni idea de dónde podremos estar pasado mañana.

–Esa respuesta es inaceptable –dijo él con un punto de impaciencia en la voz. Luego buscó en el bolsillo interior de su gabán y le tendió una carta–. Alójense aquí hasta que su padre regrese y pueda encontrarles otro lugar. Mandaré mi carruaje mañana por la mañana para que les ayude con la mudanza.

–¿No podríamos... no sería posible que nos quedáramos hasta que el asunto que mencionó se solucionase?

El barón dudó un instante.

–No –contestó sucinta y categóricamente.

Ella había tenido que forzar esa última pregunta. Estaba totalmente en contra de sus principios pedir, o suplicar como había sido el caso, por nada, y menos a un desconocido. Pero si, tal como indicaba en la carta, iba a proporcionarles un alojamiento, ¿por qué no les iba a dejar quedarse allí? Había sido una ocurrencia tan desesperada como absurda.

Su negativa fue el catalizador que hizo que el barón girase sobre sus talones y se fuese. Su oscura sombra se difuminó rápidamente entre los remolinos de nieve hasta desaparecer.

Transcurrió un rato entre que Larissa pensase en cerrar la puerta y llevase a cabo la acción. Después subió a la habitación de su hermano para velar por él. El chico estaba durmiendo un sueño intranquilo. La fiebre lo visitaba cada noche y no cesaba.

Mara estaba sentada junto a la cama, en una confortable silla que habían arrimado al lecho. Mara Sims había sido la niñera de ambos, de Thomas y de Larissa. De hecho, llevaba con ellos desde que Larissa tenía memoria. Había renunciado a marcharse sólo porque se retrasase el momento de cobrar su salario y Mary, su hermana, también se había quedado, alegando la misma razón.

Mary había sido anteriormente su ama de llaves, pero cuando perdieron al cocinero que tenían en Portsmouth, pidió hacerse cargo de la cocina, ya que le gustaba ese trabajo y no le importaba bajar de rango a cambio de poder hacer algo que le agradaba. La altiva ama de llaves que había ocupado su puesto había sido la primera en marcharse en cuanto los acreedores comenzaron a llamar a la puerta de los Ascot. Parecía mentira cuán rápido se había extendido la noticia de los apuros económicos de la familia entre el vecindario.

Podrían tener un techo que los cobijase...

Larissa había experimentado cierto consuelo al saber que tenían asegurado un alojamiento; su mayor preocupación estaba resuelta, al menos de momento. Pero cuando llegó a su habitación y tuvo que empezar a recoger sus pertenencias, el precario alivio que sentía desapareció como por ensalmo.

Tampoco sentía ninguna gratitud hacia el barón por el ofrecimiento de un lugar donde cobijarse. Lo había hecho por su propio interés, no por el de ellos. No era una ayuda en el sentido más puro del término, era una maniobra para asegurarse de que los tendría localizados para cumplir sus propios propósitos, fueran cuales fuesen. El supuesto malentendido no suponía ningún cambio dramático en su precaria situación económica.

Probablemente, Larissa estaba demasiado atónita como para sentir la magnitud de las cosas en su justa medida, lo cual era bueno. Al menos no se pasaría la noche llorando mientras preparaba el equipaje. Y de hecho las lágrimas no asomaron a sus ojos hasta bien entrada la madrugada, cuando se fue a la cama con ellas resbalando por sus mejillas.

3

Vincent estaba de pie frente a la chimenea francesa que caldeaba su dormitorio, con una copa de brandy en la mano. Miraba la danza de las llamas sin verlas, como si estuviese hipnotizado. En su mente se dibujaba la hermosa cara que había visto, un rostro enmarcado por brillantes rizos dorados, unos ojos que, sin ser verdes ni azules, proyectaban una sombra turquesa de una intensidad como nunca antes había visto.

No debería haber ido a visitar a Larissa Ascot, ni siquiera se debía haber acercado a ella. La muchacha debería haber quedado como un ser anónimo, sin rostro, como la hija de George Ascot, nada más. Una baja accidental en su guerra particular. Pero, después de haberla visto, la decisión más fácil que hubiera podido tomar hubiera sido la de seducirla, incluso en su campaña contra los Ascot. Arruinarla para el matrimonio, acabar con el buen nombre de la familia de su rival hubiese sido un buen golpe. Ésa había sido su intención al entregarle la carta. Pensándolo bien, eso sólo era una excusa, una excusa mezquina, además.

Había pasado mucho tiempo desde que realmente había querido, anhelado, algo para sí. Ahora la quería a ella. La venganza le proporcionó todo tipo de justificaciones. Necesitaba tenerla, así podría descargar su conciencia... si es que tenía, porque la ausencia total de emociones en su vida, incluyendo el sentimiento de culpa, hacía difícil afirmarlo.

Al día siguiente, él estaba en el vestíbulo para recibirla en cuanto se presentó en su casa. La sorpresa de la muchacha fue mayúscula.

–Pensaba que la dirección que me proporcionó usted sería de alguna otra de sus propiedades, de cualquiera de las que tenga vacantes. Si hubiese sabido que la hospitalidad que me ofrecía era su propio hogar, yo hubiese...

–¿Declinado la invitación? –completó él, al verla titubear–. ¿Lo hubiese hecho?

–Me hubiese gustado mucho hacerlo –contestó ruborizándose.

–Ah, ya veo –dijo con una sonrisa–. Pero no siempre podemos hacer lo que nos place.

Desde luego que no. De otro modo, él la hubiese llevado directamente a su cama. Era más bonita de lo que la recordaba o, quizá, simplemente fuese la luz del resplandeciente salón iluminado por el sol lo que resaltaba la perfección de sus facciones. Una mujer menuda, de cintura estrecha, elegantemente vestida con un abrigo de piel de buen corte y falda de terciopelo color malva. La nariz pequeña y estrecha, cejas rubias con un matiz oscuro, finas, más un corte que un arco sobre sus ojos. El cutis inmaculado, perfecto, a no ser por un pequeño lunar a un lado de la barbilla. De sus finos lóbulos colgaban dos pequeños pendientes de perlas. Sin duda era una dama, aunque no tuviese ningún título nobiliario.

Los Ascot no eran pobres; antes bien, pertenecían a una clase acomodada, a la alta burguesía o quizás a la pequeña nobleza. Contaban con un conde entre sus ancestros. Eran socialmente aceptables, a pesar de que George hubiese comenzado a meterse en negocios, algo que ya no estaba tan mal visto como antes. Albert había intentado hacer lo mismo pero...

La única razón por la que a Vincent le había resultado tan sencillo destruir la reputación de solvencia de George Ascot fue que éste se encontraba fuera del país y no pudo poner fin a los rumores que se habían vertido sobre sus apuros financieros. Su prolongada ausencia había asustado a sus acreedores.

Larissa se presentó con su séquito: dos mujeres casi idénticas que debían rondar los sesenta años y una considerable cantidad de mantas que el cochero descargó del carruaje.

«Tenemos ropa de cama», estuvo tentado de señalar.

Larissa, todavía ruborizada por estar allí, se sonrojó todavía más al explicar:

–Es mi hermano, Thomas. Tiene un espantoso catarro. Quería caminar, pero la enfermedad lo ha dejado sin fuerzas.

Las mantas se movieron levemente. ¿El hijo estaba enfermo? ¿Cómo es que no se lo habían comunicado ninguno de sus informadores? Sintió un aguijonazo de su esquiva conciencia, pero fue sólo un instante. Asintió dirigiéndose a su ama de llaves, la cual estaba sobre aviso de la inminente llegada de invitados. El ama a su vez hizo un gesto de asentimiento al cochero para que éste la siguiera. Las dos sirvientas mayores hicieron lo propio.

Por un momento, se quedaron solos en el amplio vestíbulo. Vincent no estaba seguro de cómo debía proceder. Estaba acostumbrado a tratar a las mujeres de un modo muy directo. Su título y su riqueza le habían abierto un buen número de puertas y las negativas con las que había topado nunca habían sido demasiado tenaces. En realidad, nunca había necesitado seducir a nadie. Las pocas que habían intentado seducirlo a él, por alguna razón que escapaba a su entendimiento, siempre incluían la comida en la agenda. Daba la impresión de que las mujeres tenían asumido que un hombre soltero estaba siempre a punto de desfallecer de hambre; como si un hombre de su posición no contase con un excelente cocinero entre el personal a su servicio.

Pensar en la comida le recordó algo.

–Está a tiempo de almorzar.

–No, gracias, lord Everett. No quisiera importunarle –replicó.

–¿Por qué iba a importunarme?

–Por su familia.

–No tengo familia, aquí vivo solo yo.

Simplemente era una exposición de los hechos que no pretendía causar la menor lástima. Pero no se le escapó la breve sombra de pena que cruzó el rostro de ella por un instante... hasta que se dio cuenta de que estaba en territorio enemigo, por así decirlo.

La actitud de la muchacha era incomprensible. No rebosaba entusiasmo agradecida por su ayuda, más bien al revés. Su rigidez y reticencia decían mucho de ella. No dudaba por un momento que él era su enemigo, aunque no supiese exactamente si lo era o no. La había echado de su casa. Eso podría producirle cierto rechazo, incluso odio, por eso el breve destello de pena que había mostrado resultaba tan interesante. Debía de ser de naturaleza compasiva para mostrar cierto dolor, aunque fuese momentáneo, por alguien a quien con toda seguridad despreciaba profundamente.

Le había dado una excusa miserable para declinar el ofrecimiento de comer con él, lo había rechazado. No pensaba darle otra oportunidad de que lo hiciese, de que no aceptase una simple comida, y más cuando ésa era una perfecta ocasión para conocerse mejor. Vincent la cogió del brazo, la llevó hasta el comedor y la sentó a la mesa; luego se separó de ella para que se sintiese más relajada. Notó su nerviosismo y su timidez o, mejor dicho, su negativa a mirarlo directamente. Según su experiencia, tal actitud sólo podía significar una cosa...

Para Vincent, estaba muy claro que, a pesar del resentimiento hacia él que Larissa pudiese estar alimentando, lo encontraba muy atractivo.

No era algo insólito. Mujeres de todas las edades se sentían interesadas por él, no sólo por su atractivo físico, sino por la magnífica oportunidad que representaba. Todas querían romper su coraza. Ninguna de ellas sabía que, en el improbable caso de lograrlo, no ganarían nada, pues él no tenía nada que ofrecer dentro de sí.

Por lo que respecta a Larissa, tenía la ventaja de resultarle fascinante a pesar de la repulsa que le mostraba. Quizá también usase la pena que ella había dejado entrever como una baza a favor suyo. A decir verdad, ya había decidido que todo podía ser lícito para seducirla. Sería despiadado, implacable, si fuese necesario. Por una vez, la carencia de emociones, la falta de conciencia iba a ser algo gratificante.

Se sentó frente a ella e hizo una señal de asentimiento con la cabeza a los criados para que comenzasen a servir la comida. No fue hasta terminado el primer plato cuando Larissa notó que él la miraba de un modo sensual y se ruborizó al instante, en cuanto se dio cuenta de ello. Él no dejó de mirarla fijamente.

A Vincent le habían dicho en numerosas ocasiones, y de varias maneras, que sus ojos revelaban sus sentimientos. Lo encontraba gracioso, y más cuando esas ocasiones coincidían con el interludio de una experiencia sexual, pues sus pasiones se podrían describir, en el mejor de los casos, como tibias. Suponía que era el color de sus ojos lo que les daba la impresión de que sentía más deseo del que realmente sentía. Joyas de ámbar, oro fundido, endiabladamente malvados, terriblemente sensuales... lo había oído todo, y nunca lo había tenido en cuenta. En su opinión, sus ojos eran de un tenue tono castaño claro con pequeñas salpicaduras doradas, nada fuera de lo común. Claro que, después de vivir veintinueve años con ellos, su color le resultaba algo más que familiar.

Pero si Larissa creía adivinar cierto apasionado deseo en ellos mientras que, en realidad, él simplemente admiraba su hermosura mientras les servían el segundo plato, tanto mejor para Vincent. Preferiría no tener que explicarle lo de la seducción, si es que la muchacha era tan ingenua que todavía no lo había notado. Tampoco le preocupaba que huyera y tratara de esconderse de él, no tenía ningún sitio adonde ir. Simplemente habría de asegurarse de que ella supiese que la decisión final era suya, y lo haría, lo haría a su debido tiempo. Apenas hora después de haber llegado a su casa lo consideraba un tanto precipitado.

De momento, él no dejaba de mirarla fijamente. Sabía que debía dejar de hacerlo pero era incapaz, así de sencillo.

Le parecía increíble que Ascot se las hubiese arreglado para mantener apartada a semejante belleza de la vida social de la ciudad, manteniéndola oculta como si de un secreto se tratase.

Era el tercer año que pasaban en Londres. Probablemente algún renombrado ciudadano la hubiese descubierto ya; sobre todo porque la familia Ascot vivía en uno de los mejores barrios residenciales de la ciudad, un lugar bien repleto de vecinos con títulos nobiliarios. Quizá no estuviese comprometida o, tal vez, nunca la hubiesen cortejado, pues su nombre nunca había sido pronunciado en los mentideros. Quizás esa Navidad fuese la ocasión para celebrar su puesta de largo, si su padre estaba presente, claro.

–¿Por qué es usted completamente desconocida en los círculos sociales? –se decidió a preguntar.

–Puede que lo sea porque nunca he tenido el menor interés en darme a conocer –contestó, encogiéndose ligeramente de hombros.

–¿Por qué no?

–No quería mudarme a Londres. Crecí en Porstmouth y allí fui completamente feliz. Durante mi primer año en Londres me comporté como una niña tonta, intentando forzar por todos los medios la vuelta de mi padre a la costa. Era una mocosa, o algo peor, una señorita malcriada. El siguiente año lo pasé intentando acostumbrarme al lugar y tratando que nuestra casa fuese un hogar. Lo cierto es que conocer a mis vecinos no estaba entre mis prioridades... Dios mío, ¿por qué le estoy contando todo esto?

Vincent estalló en una sonora carcajada, preguntándose lo mismo. Ella le miró sorprendida. Eso era lo que él encontraba más entretenido, que la ponía lo bastante nerviosa como para hacer que olvidase las normas básicas de protocolo.

–La charla la pone nerviosa, me hago cargo –añadió con la sonrisa en los labios, intentando socorrerla.

–No estoy nerviosa –negó bajando los ojos.

No obstante, se mostraba tímida ante las insistentes miradas de su anfitrión, miradas que no tenían visos de cesar.

–Es normal que esté nerviosa. No nos conocemos bien... todavía.

La expresión «conocerse bien» implicaba una gran cantidad de matices semánticos y ella, aparentemente, se oponía a todos.

–Ni nos conoceremos –replicó con fría formalidad–. Sé perfectamente por qué estoy aquí.

–¿De veras lo sabe? –preguntó interesado.

–Sin duda. Es el único modo que tiene de asegurarse una entrevista con mi padre cuando éste regrese. Así, supongo, podrá aclarar ese misterioso malentendido del que habla... y que usted se niega a comentar conmigo.

Un mordaz recordatorio de cuán poco sincero estaba siendo con ella, comentario que consideró del todo oportuno dejar de lado, puesto que, en modo alguno, no tenía la menor intención de revelar sus auténticas razones. Después de todo, la venganza es algo que funciona mucho mejor cuando golpea por sorpresa. Quería saber hasta qué punto dominaba la situación y qué la preocupaba exactamente, ahora que se había convertido en una pieza clave en sus maniobras.

Había supuesto demasiadas cosas cuando ella le confesó que no sabía dónde podría cobijarse su familia. Se la había imaginado viviendo en la calle como una indigente más, pero los pendientes que lucía le indicaban otra cosa. Debía lograr que no tuviese más opción que quedarse donde estaba. Lo último que deseaba es que Larissa se levantase y se marchase de su casa en el mismo instante en que adivinara que el único propósito que tenían sus atenciones era llevársela a la cama.

Había una enorme diferencia entre un ataque rápido y directo y un asedio largo y tedioso donde debía cuidar hasta la última sílaba de cada palabra que pronunciase. El tiempo era la clave de todo, puesto que su padre podría regresar en cualquier momento y salvarla de la ruina y la deshonra.

–Si posee alguna joya de valor, puede ponerla a buen recaudo en mi caja de caudales mientras se hospede aquí –dijo con ánimo de lograr que se viese a sí misma como una desposeída, lo cual no debería ser muy difícil–. Mis criados son de toda confianza, al menos en su mayoría, pero tenemos dos nuevas doncellas cuya lealtad no ha sido probada.

–Guardo algunas piezas heredadas de mi madre. Serían lo último de lo que me desprendería. De todos modos, hay una colección de cuadros que ya debería haber vendido. He pasado mucho tiempo dando largas, con la esperanza de que mi padre regresase pronto. Mañana veré cómo me deshago de ellas.

–Oh, vamos, eso es ridículo. No tiene por qué vender, o empeñar, sus pertenencias con tanta prontitud. Puede esperar aquí al regreso de su padre. Él se hará cargo de los posibles gastos, estoy seguro.

–Yo también, pero no quiero estar sin un penique, sean cuales sean las circunstancias. Además, he gastado los ahorros que tenía en medicinas para Thomas, y todavía no ha sanado. Necesitará más.

–Sus muebles están siendo almacenados en este preciso instante. Repito, no necesita venderlos. Mi médico particular vendrá a examinar a los miembros del servicio, algo que le ordeno hacer todos los años; por lo tanto, no tenga reparos en recurrir a los servicios del doctor para que atienda a su hermano, hágalo en cuanto llegue. ¿Cómo es posible que se encuentren en bancarrota? ¿De verdad es George Ascot tan desconsiderado como para...?

–¡Por supuesto que no lo es! –le interrumpió indignada–. Nuestros acreedores han oído absurdos rumores acerca de una supuesta imposibilidad de mi padre para hacer frente a los pagos... y los han creído. En consecuencia, me pidieron que saldase sus cuentas. Y no fue uno solo: todos, todos se presentaron a la puerta de casa reclamando el pago. No quisieron creer en el inminente regreso de mi padre y me vi obligada a utilizar todo nuestro presupuesto doméstico para satisfacer sus demandas. Al poco tiempo, Thomas cogió un espantoso resfriado que, en vez de mejorar, cada vez va a peor. Incluso he llegado a temer...

No pudo continuar hablando, embargada como estaba por la intensidad de sus emociones. Vincent, no sin extrañeza, se sorprendió a sí mismo refrenando el impulso de rodearla con sus brazos para consolarla. Buen Dios, qué pensamiento tan absurdo para alguien como él. Apartó de sí tal inclinación. La muchacha hablaba, eso era todo un logro. Y desde luego que no iba a estropearlo haciéndole algún ridículo ofrecimiento de ayuda para solucionar su situación, sobre todo cuando el desastre económico que estaban sufriendo los Ascot era ante todo obra suya.

–Y luego llegué yo... y empeoré la situación –añadió Vincent fingiendo un apenado suspiro.

Larissa asintió con la cabeza. Le daba la espalda para no mirarlo. No importaba. Vincent había hecho importantes progresos. Ella se había sincerado, y sin mucho esfuerzo. Entonces le pareció que la muchacha poseía una enorme cantidad de estúpidos sentimientos a flor de piel; él sabía que no es difícil manipular las emociones de los demás, basta saber qué teclas tocar. Y empezaba a saber cuáles eran las de ella.

–No logro comprender por qué compró usted nuestra casa, o cómo pudo conseguirlo si casi nos pertenecía –observó Larissa.

–Cosas de los negocios, señorita Ascot. Adquirí las escrituras directamente del propietario. A eso me dedico. Compro, vendo, invierto... satisfago la demanda y, cuando llega el momento oportuno, recojo los mayores beneficios posibles. En ciertos aspectos se parece a la arquitectura, al arte o algo por el estilo. Cuando me entero de que alguien busca algo en concreto, procuro encontrarlo primero y, siempre que esté dentro de mis posibilidades o sea de mi agrado, hago lo posible para proporcionárselo.

–¿Me está diciendo que ya tenía un comprador para nuestra casa? ¿Por eso la ha adquirido a pesar de que nosotros...?

–Mi querida niña, su padre tuvo la oportunidad de pagar el resto de su deuda y adquirir así la propiedad. De haberlo hecho de ese modo, ahora las escrituras serían suyas.

–Pero entonces, usted hubiese pagado por nada... no habría obtenido beneficio alguno.

–Cierto, esa posibilidad siempre existe en todo aquello que hago. No siempre obtengo grandes recompensas, a veces no hay recompensa en absoluto. De vez en cuando he perdido dinero, es verdad, pero no demasiado y, gracias a mi esfuerzo, me he convertido en un hombre rico.

–Eso significa que ha forjado su propia fortuna –concluyó.

–Ya lo creo.

–¿Entonces no ha sido mediante una herencia, como el título? –preguntó.

Era obvio que trataba de desconcertarlo y tal vez pillarlo en una mentira. «Se nota que no eres una experta», pensó.

Le divertía el esfuerzo. Incluso no le hubiese importado compartir algún detalle de su vida con ella. En realidad, creía que era el candidato ideal para despertar sentimientos de lástima, si se tenían en cuenta algunos detalles de su vida. No pensaba revelar todos y cada uno de sus asuntos privados, pero no creía que por desvelarle alguno, sobre todo si movía a la compasión, pasase nada.

–Mi título procede de las propiedades que poseía mi familia en Lincolnshire, lugar al que me he negado a regresar porque sólo me trae malos recuerdos y amargas experiencias. El resto de la fortuna familiar, mediocre de todos modos, fue a parar a manos de mi hermano menor, ahora difunto.

Lo dijo sin la menor inflexión en el tono de su voz. Se dibujaron finos surcos de preocupación en la frente de Larissa. Era demasiado compasiva para su propio bien. Eso iba a ser el motivo de su caída, y eso era lo que a él le importaba.

–Lo siento, no era mi intención curiosear en la vida de nadie –anunció incómoda.

–Por supuesto que lo era. La curiosidad forma parte de la naturaleza humana.

–Para eso están los modales, para refrenarla –insistió, empeñada en admitir su falta.

–No se mortifique, Larissa. Aquí no se le exige ningún tipo de protocolo.

–Pero las buenas maneras son algo primordial, siempre, en cualquier ocasión –rebatió.

–¿Lo dice para recordárselo a sí misma o lo cree de verdad? –preguntó sonriendo–. Antes de contestar, me gustaría señalar que me he permitido llamarla por su nombre de pila, lo cual supone un trato bastante familiar. Debe saber que a la gente se le permite cierta confianza en el trato, sobre todo cuando son amigos íntimos.

Larissa enrojeció como la grana, se puso en pie y dijo con tono cortante:

–Apenas nos conocemos, y no permaneceré aquí el tiempo suficiente como para que eso cambie. De hecho, me esforzaré en no ser una carga mientras permanezca en su casa. Y ahora, si me excusa, lord Everett –recalcó el título–, debo ir a ver a mi hermano.

Vincent se recostó con su vaso de vino en la mano; lo agitó con un golpe de muñeca y lo bebió de un trago. Ella quería que hubiese un trato formal entre ellos, como bien se había cuidado de señalar al dirigirse a él. Se preguntaba cómo se las apañaría la damisela para mantener sus modales y su corrección una vez tuviese su desnudo cuerpo acurrucado junto a él. Le resultaría difícil, pensó.

4

Thomas estaba tumbado, dejando que Mara le diese de comer. No le agradaba en absoluto que lo tratasen como a un bebé, lo odiaba. Pero era inevitable que le llevasen la cuchara a la boca porque, durante los más virulentos accesos de fiebre, se empecinaba en comer por sus propios medios y nunca lograba terminar, pues estaba demasiado débil.

El chico mentía pertinazmente y alegaba no tener apetito cuando, en realidad, le agotaba el esfuerzo de usar los cubiertos. Larissa no tardó en proponerle una alternativa: le darían de comer o le darían de comer, podría elegir cualquiera de esas dos opciones hasta que se restableciera y pudiese valerse por sí mismo.

La habitación donde lo habían instalado era mucho más grande que la de su casa, y la cama también, tanto que se veía ridículamente pequeño en ella. Lo cierto era que su talla y su estatura estaban por debajo de la media de un niño de diez años. Su padre, un hombre alto, le había dicho que no se preocupase, asegurándole que pronto daría un buen estirón. Le había confesado que él mismo no había comenzado a crecer debidamente hasta los doce años.

Quizá la estatura de Thomas fuese inferior a la de otros niños de su edad, pero no así su inteligencia. Si no fuese por su tozudez en determinadas ocasiones, o por su propensión a las rabietas, Larissa hubiese dicho que en ese cuerpo de niño se ocultaba todo un hombre. Las agudas observaciones que hacía Thomas eran propias de un adulto, pero su inagotable vigor, la inquietud que mostraba incluso cuando estaba enfermo, señalaban claramente que aún era un niño.

Su energía, o en este caso la ausencia de ella, hacían del niño un pésimo paciente que no cesaba de protestar por todo. Naturalmente, no le gustaba estar en la cama y odiaba la debilidad que sufría tras la aparición de la fiebre.

Thomas no la miró mientras ella se acercaba a la cama. Todavía estaba molesto con su hermana por el traslado, como si ella hubiese podido evitar aquella situación. Evidentemente, nada le hubiese gustado más a Larissa que poder haber hecho algo, pero no podía hacer nada, nada excepto llorar.

–¿No tiritas con el frío que hace aquí? –preguntó Larissa simulando más jovialidad de la que sentía.

–¿Frío? Me habéis enterrado en mantas, Lari, estoy asándome.

–Bueno, mejor estar asado que pasar frío.

Mara trató de forzar una sonrisa, sin éxito. Thomas les dirigió una mirada desafiante a ambas. Larissa chasqueó la lengua.

Sólo la llamaba Lari cuando estaba disgustado con ella; lo hacía porque esperaba que eso molestase a su hermana, puesto que «Lari» sonaba como un nombre masculino. Cuando todo iba bien la llamaba «Rissa», igual que hacía su padre.

–¿Por qué hemos tenido que venir aquí? –preguntó, exponiendo claramente su malestar–. Esto parece una habitación de un hotel.

–¿Qué sabes tú de habitaciones de hotel? –contraatacó Larissa.

–Fui una vez con papá, cuando lo visitó aquel francés que era comerciante de vinos.

–Ah, sí, claro. Esta casa es mucho más grande que la nuestra y, por lo que he visto hasta ahora, su decoración parece tan impersonal como la de un hotel. El barón de Windsmoor no tiene familia, lo cual, en cierto modo, lo explica.

–No tendremos que pasar mucho tiempo aquí, ¿verdad?

–No, no mucho –aseguró–. Sólo hasta que nuestro padre regrese.

–Llevas semanas hablando de su regreso, pero ¿cuándo volverá?

Le era difícil mantener el entusiasmo cuando Thomas preguntaba las mismas cosas que ella se llevaba planteando bastante tiempo... y había agotado las respuestas. Hacía dos meses que su padre se había ido. Podría haberse retrasado una semana, dos a lo sumo, por razones de negocios. Había prometido estar de vuelta a principios de noviembre, y hacía más de un mes de eso. El mal tiempo podía ser el responsable de cierto retraso, pero más de cuatro semanas era demasiado.

No, no debía intentar engañarse a sí misma y tenía que asumir que a su padre le había sucedido algo terrible durante su viaje. Los barcos se perdían en el mar una y otra vez, y muchas veces nadie sabía qué podría haber sido de ellos. Corrían rumores acerca de barcos piratas que todavía navegaban por las mismas aguas que tenía que surcar el barco donde viajaba su padre, siempre listos para abalanzarse sobre cualquier barco mercante bien cargado. Había tenido tiempo de sobra para imaginarse lo peor: un naufragio, un barco encallado en una isla desierta y su padre muriéndose de hambre.

Su pena y su angustia se habían vuelto tan intensas que le parecían parte de su carácter. Necesitaba compartir su dolor con alguien, un hombro sobre el que llorar, pero no tenía a nadie. Tenía que ser fuerte por el bien de Thomas, para asegurarse de que todo iría bien, aunque eso ya no lo creía ni ella.

–Tommy, ni siquiera los planes trazados con el mayor cuidado salen a la perfección –le dijo para intentar olvidar el asunto–. Padre confiaba en asegurarse un nuevo mercado en New Providence, pero ¿qué pasa si no hay nadie allí? Pues que tendría que navegar a una isla cercana y, si tampoco hubiese nadie, pues a otra.

–Ya, pero ¿por qué tiene que navegar a lugares tan lejanos, cuando podría haber encontrado un mercado nuevo más cercano a casa?

–¿No hemos discutido ya este asunto un montón de veces? –preguntó dirigiéndole una severa mirada–. ¿Acaso no me escuchaste la última vez?

–Siempre te escucho –refunfuñó–, lo que pasa es que a veces no logro entenderte.

No se molestó en reñirle por decir eso; sabía perfectamente que su hermano estaba a la defensiva porque su enfermedad lo estaba volviendo olvidadizo. Quizás estuviese en estado de duermevela durante la mayor parte de sus últimas conversaciones o delirando a causa de la fiebre. No era extraño que el chico no recordase las cosas.

–Bien, veamos si entre los dos podemos sacar algo en limpio de lo que está pasando porque, a decir verdad, yo tampoco lo entiendo muy bien –le dijo en tono confidencial, esperando que eso lo tranquilizara–. Muchas compañías que comparten los mismos intereses comerciales suelen establecer una competencia leal entre ellas, aunque a veces no tan leal. Los negocios son así, ¿lo entiendes?

Tras una breve pausa, el niño asintió con la cabeza.

–Pero cuando una manzana podrida cae en el cesto –continuó–, ésta puede estropear a las demás.

–¿Podrías dejar de hablar con acertijos, por favor?

Larissa chasqueó la lengua.

–Mira, la nueva línea naviera que abrió el verano pasado –le explicó–, la línea Winds creo que se llamaba, fue muy bien recibida en el floreciente mercado marítimo... hasta que se demostró que en realidad era un asunto bastante turbio puesto que, en vez de abrir nuevos mercados, se dedicaban a tomar aquellos que ya estaban copados.

–¿Como los de padre?

–No sólo los suyos, aunque parecía que lo habían elegido a él como objetivo principal. Nunca me habló de ello, supongo que no quería preocuparme. Todo lo que sé es por retazos de conversaciones que no pude evitar escuchar cuando el capitán o el secretario se entrevistaban con él en casa. Parece ser que la línea Winds se había propuesto echarle del negocio, y casi lo consigue. Nunca lo vi tan furioso como durante las semanas que precedieron a su partida, cuando sólo uno de sus barcos regresó a puerto con su cargamento a punto. Los capitanes de la Winds habían seguido a los otros y les habían pagado más por sus cargamentos de lo que valían.

–¿También a aquel francés tan simpático, el de los vinos?

–Sí –dijo en tono cortante, tratando de que el chico no hablase demasiado, puesto que parecía que se agotaba–. Incluso dejó de lado el contrato que tenía con padre para comerciar con el capitán que pagaba más.

–¿Para qué sirve un contrato si uno puede romperlo con tanta facilidad?

–Por lo que pude escuchar, no es exactamente que se rompiera el contrato, más bien se trataba de simples excusas para no cumplirlo. Cosas de los negocios, supongo –dijo con un ligero encogimiento de hombros, sin estar ella misma muy convencida de lo que decía–. Es difícil culpar a los comerciantes, pues se les presentaba la oportunidad de obtener unos beneficios mayores e inesperados.

–Pues a mí no me parece que sea difícil culparlos –contradijo Thomas–. Los contratos se firman por una buen razón: para que el comercio sea fiable.

Sabía que no debería cometer ningún error, pues Thomas, a pesar de su corta edad, tendría que prepararse para hacerse cargo de la compañía de su padre cuando llegase la ocasión.

–Así es como debería ser, desde luego, pero lo mismo ocurría en toda Europa. Los barcos de la Winds aparecían en todos y cada uno de los puertos en los que recalaban los de padre. No es difícil inferir que era algo deliberado; seguían a los barcos para obtener nuestros cargamentos. Por eso padre se hizo a la mar y se fue tan lejos de casa. No podría competir con la Winds, que estaba pagando cifras inauditas, a no ser que se arruinase, puesto que no obtendría beneficio alguno.

–Eso es, precisamente, lo que no logro comprender –aseveró frunciendo el ceño–. ¿Cómo va otra compañía a obtener beneficios si paga unas sumas tan desorbitantes por las mercancías?

–Y no los obtienen, es cierto. Pero parece tener dinero suficiente para derrocharlo con esta táctica tan... particular. Primero domina el mercado y después los precios bajan hasta un nivel razonable. Simplemente es un ardid, pero un ardid eficaz. Padre no podía arriesgarse a hacer volver sus barcos, ya que se encontraría con la misma situación otra vez; podemos decir que la línea Winds ganó. Ahora controla todos nuestros antiguos mercados.

–¿Crees que nuestro padre podrá abrir nuevos mercados?

–Claro que sí –afirmó, tratando de parecer convincente–. Y además ha planeado expandir el negocio a las Antillas, lo cual puede resultar, al fin y al cabo, un buen movimiento.

–Aunque esté forzado a hacerlo antes de estar preparado.

Algunas veces le gustaría que su hermano no fuese tan inteligente y aceptase las explicaciones como cualquier otro niño de su edad, sin cuestionar y señalar los puntos débiles de su exposición.

–Dime lo que estás pensando.

–¿Puedo negarme?

–No, no puedes –contestó sonriendo–. Creo que las cosas van a terminar bien. Dudo mucho que la Winds se mantenga a flote mucho más tiempo. Cuando se hunda, padre volverá a recuperar sus antiguos contactos y, junto a los nuevos que haya conseguido en este viaje, no tendrá otro remedio que aumentar la flota para hacer frente a la demanda.

–Creo que estás esperando que la Winds se hunda, pero todo indica que es improbable que suceda. Mira la fortuna que han gastado para comenzar; no se marcharán después de lo que han hecho.

–No estoy hablando de finanzas. Estoy hablando del mal, de las malas artes que ha usado. Como sus tácticas carentes de ética. Considera que los comerciantes que han tratado con ellos debido a los grandes beneficios que les proporciona, saben exactamente qué sistemas ha usado y nadie que los utilice es de fiar. Por otro lado, muchas de sus mercancías son productos perecederos que necesitan llegar a destino dentro de un plazo concreto... y para ello se necesitan buenos capitanes. Si los envíos de la compañía empiezan a retrasarse en un futuro, las cargas se pudrirán antes de ser estibadas y, por supuesto, nadie las comprará en ese estado. ¿Lo comprendes?

–Crees que los antiguos contactos de padre volverían a hacer negocios con él porque está bien establecido en el negocio y además es una persona de fiar.

–Sí, creo que preferirán tratar con él... Mira lo que hemos hecho, hemos dormido a Mara con nuestra cháchara de negocios, que a ella no le interesa en absoluto. Por cierto, creo que deberías echar una siesta.

–No estoy cansado –protestó.

–He visto cómo se te cierran los ojos.

–No, no lo has visto –rezongó.

–Sí que lo he visto. Y, además, necesitas descansar, tanto si duermes como si no. Cuando se te haya pasado la fiebre, podremos negociar esto de las siestas.

Thomas aceptó la propuesta; le encantaba negociar... y su hermana lo sabía, por eso había usado ese término en concreto.

Larissa se encaminaba hacia la puerta cuando su hermano le hizo una última pregunta, una para la cual no estaba preparada.

–¿Dónde vamos a poner el árbol de Navidad este año, Rissa?

No era la pregunta, sino el temblor de su voz lo que la preocupó. Era su perdición. Ni siquiera se había planteado pasar la Navidad sin su padre. No había pensado semejante situación, no podía. Había mucho dolor esperando que comenzase a sopesar esa posibilidad.

–Es muy pronto para pensar en poner el árbol; todavía estamos a principios de mes. Pero no te preocupes, tendremos árbol aunque sea compartiendo el del barón...

–No quiero compartirlo, quiero colocar los adornos que hicimos. ¿Los has traído?

No, no los había traído. Estaban almacenados en el desván, y habían sido trasladados, junto al resto del mobiliario, adonde lord Everett hubiese tenido a bien llevarlos.

–Estarán aquí cuando llegue el momento –fue la mejor respuesta que pudo darle en ese momento–. Así que hazme el favor de no preocuparte por ello y trata de ponerte mejor para poder adornar el árbol tú mismo.

Tenía que salir de allí. Las lágrimas habían comenzado a correr por sus mejillas y no quería que él lo viese. La Navidad de este año no iba a ser una Navidad corriente. Temía, tenía casi la certeza, de que tendrían que pasarla sin su padre.

5

Larissa no estaba segura de encontrar la alcoba que le había sido asignada, medio cegada por las lágrimas como estaba y sin que nadie respondiera a ninguna de las puertas a las que llamaba. No le quedó más remedio que abrirlas una a una. Por fin encontró una habitación donde estaban apilados los baúles de su equipaje al pie de una cama. El dormitorio en cuestión estaba al final del vestíbulo, demasiado lejos, para su propia tranquilidad, de la habitación de su hermano.

¿Había pensado que la habitación de Thomas era grande comparada con la que tenía antes? Pues la que le habían asignado era incluso más grande. Tenía un vestidor aparte y un cuarto de baño independiente. También había una puerta que conectaba con otro dormitorio, el cual, como pudo notar con no poca desazón, correspondía al barón. Santo cielo, ¿por qué? ¿Acaso una mansión de tales dimensiones no poseía, por lo menos, media docena de habitaciones para invitados, por ejemplo todas las que había cerca del cuarto de su hermano?

No podía ser, debía de haber un error, se lo diría al ama de llaves... tan pronto como pudiese dejar de llorar. Para lograrlo, se sentó al borde de la cama y allí dio rienda suelta a la multitud de emociones que se agolpaban en su interior. Por extraño que pudiese parecer, algunas de esas emociones le eran totalmente nuevas. Lloró hasta quedarse sin lágrimas.

Había ido a la habitación de Thomas para que éste la distrajese, pues sabía que el muchacho lo conseguiría. Pero ahora estaba sola. Sus pensamientos volvían a inquietarla: pensaba en el almuerzo que había compartido con el barón.

No sabía qué hacer con él, la había puesto más nerviosa de lo que jamás había estado antes. No porque él fuese tan terriblemente guapo que ella había perdido el aliento durante un instante cuando lo vio sentado en aquel luminoso salón. Al menos no fue sólo por eso.

Alto y ancho de hombros, Vincent Everett tenía el clásico cuerpo atlético que, si no se contaba con un sastre habilidoso, podría parecer embutido en las ropas que se llevaban aquella temporada. El sastre del barón era un hombre meticuloso y, a pesar de las musculosas extremidades de su cliente, el corte del traje le daba una apariencia muy apuesta.

La nieve y su sobretodo le habían ocultado ciertos detalles de él. Su pelo era oscuro o, mejor dicho, tan negro como la brea, sus pómulos marcados, la barbilla fuerte y decidida y la nariz estrecha. Unos rasgos que conjugaban perfectamente entre sí. Era asombroso lo guapo que resultaba el barón.

De todos modos, su apostura no era lo que más la había inquietado; habían sido sus ojos, unos ojos dorados que parecían hablar directamente con ella. Por desgracia, el tono de su conversación había sido bastante atrevido... ¡Santo Dios, qué ideas tan descabelladas! La había inquietado más de lo que cabía esperar en un hombre de su clase y, por si fuese poco, sus ojos parecían insinuar cosas que no eran demasiado correctas. Probablemente todo había sido un espejismo; sí, no había la menor intención en todo aquello. Probablemente lord Everett no era consciente del efecto que su insistente mirada causaba en los demás. Daba por supuesto que eran sus propias emociones, aguzadas por la situación, las que le hacían ver más de lo que en realidad había.

Lo que para él no había sido más que un simple acuerdo, un negocio, una más de sus aburridas transacciones comerciales, había representado para ella toda una tragedia: la calamidad de perder su casa. No podía evitar sentir una profunda antipatía hacia él por ello. Seguramente era ese intenso sentimiento lo que le hacía interpretar el significado de cada situación de un modo tan exagerado.

No pudo comer tranquila, le había costado tragar cada bocado de comida. Sentía el estómago tan revuelto que temía vomitar en cualquier momento lo poco que había comido. Y él había continuado mirándola fijamente, mostrando muy malos modales y poniéndole los nervios a flor de piel. Como había hecho durante casi todo el tiempo que pasó con él, Larissa decidió que no era ningún tipo de maniobra deliberada, sino un hábito no por rudo menos natural.

Quizá fuese una deformación profesional, una táctica para cerrar negocios que había perfeccionado con el tiempo y ya formaba parte de él en todos los aspectos de su vida.

Una vez había visto a un comerciante usar ese mismo método con su padre. Tenía sus ojos clavados en los de él, tratando de crearle cierta incertidumbre acerca de si el precio que se estaba negociando podría o no subir antes de que alcanzasen un pacto verbal. La estrategia no había funcionado con su padre, pero había sido entretenido verlo.

Llamaron varias veces a la puerta antes de que Larissa saliese de su ensimismamiento y se levantase. Abrió la puerta y se encontró con el mismísimo Vincent Everett. Había alentado la vana esperanza de evitar más encuentros con él mientras estuviese allí, pero frente a ella estaba el dueño de la mansión, tan cerca que podía oler el almizcle de su perfume y sentir el calor que irradiaba... ¿o era el calor de su propio bochorno?

Pensó en retroceder y correr al otro lado del dormitorio para mostrarle lo mucho que su presencia la trastornaba. Pensó que el poco espacio que ganase no marcaría una diferencia importante, porque allí estaba él, mirándola fijamente con una tremenda pasión reflejada en sus ojos ambarinos. Le daba la impresión de que la desnudaba con la mirada y sentía la misma desazón que sentiría si realmente estuviese desnuda ante él.

–Sus joyas.

Por un momento, no supo si él había dicho algo o, simplemente, se lo decía a sí mismo. No podía estar más sorprendida.

–Perdone, no entiendo qué quiere decir.

–Temía que pudiese haberlo olvidado –explicó.

La mirada que le dirigía parecía confirmarle la idea que se había formado de ella: era una cabeza de chorlito.

–No quisiera ser el responsable indirecto de que usted se sintiese afligida en el caso de que desapareciesen algunas de sus joyas.

–Ah sí. –La alusión a las joyas le refrescó la memoria–. Los criados que todavía no son de confianza. Aguarde un instante.

Larissa se dirigió rápidamente a sus tres grandes baúles colocados en pirámide al pie de la cama. Rebuscó en el primero de ellos, el más pesado porque contenía todos sus libros, y no encontró rastro de su joyero. Eso no hubiese representado ningún problema si tuviese tiempo para deshacer el equipaje, pero, con el barón esperando a la puerta, era necesario que lo moviese para buscar las dichosas joyas en los otros dos baúles.

Sabía de sobra que no podría levantarlo ella sola, pero quizá con un poco de esfuerzo pudiese apartarlo lo suficiente como para abrir una de las valijas más pequeñas. Entonces los brazos del barón aparecieron a ambos lados de su cuerpo, agarrando las asas del baúl con fuerza, para ayudarla a moverlo.

Debería haber avisado que iba a hacer eso. Debería haberla dejado apartarse antes. El corazón le daba fuertes sacudidas en el pecho. Estaba atrapada entre el cuerpo del barón y el baúl, podía notar su pecho rozándole la espalda y su aliento en la nuca. Sabía que iba a desmayarse, lo sabía, iba a derrumbarse allí mismo.

–Lo siento, disculpe –dijo Everett tras un instante insoportablemente eterno, y apartó uno de sus brazos para permitirle salir de la situación.

De nuevo, su instinto le sugirió irse al otro lado de la estancia, lo más apartada posible de Vincent Everett. Quería hacerlo, lo deseaba más que cualquier otra cosa, pero se negaba a que el movimiento pudiese ser interpretado como un signo de temor, que era lo que sin lugar a dudas pensaría él. Después de todo, él era su enemigo. Y, en realidad, no estaba asustada. Estaba más disgustada o molesta que cualquier otra cosa.

Apartó el baúl sin esfuerzo, con tanta facilidad que muy bien podría haberlo hecho con una mano. No regresó a la puerta, como hubiese sido lo apropiado. Y allí estaban los dos solos, después de todo, solos en un maldito dormitorio, lo cual no sólo era algo impropio, sino que se hallaba dentro de los límites del compromiso. Larissa se abalanzó sobre el segundo baúl tan pronto como éste estuvo libre. Quería que el barón saliese cuanto antes de la alcoba. Afortunadamente, el joyero, una pequeña cajita de madera, estaba allí.

–Sólo poseo unas pocas piezas de valor. Son herencia de mi madre y pertenecieron a mi abuela materna antes que a ella –dijo mientras le tendía el estuche–. Tienen valor, claro, pero más sentimental que otra cosa.

No pudo reprimir un tenue jadeo cuando él puso la palma de la mano sobre la suya al coger la caja. Probablemente la había tocado porque no había apartado la vista de ella con suficiente antelación para ver lo que hacía. Ella se sobresaltó al notar su mano sobre la suya deslizándose despacio, demasiado despacio, hasta que tomó la caja. De nuevo se sentía confusa y con la sensación, esta vez mucho más fuerte, de ir a desmayarse de un momento a otro.

Aquel leve contacto que tanto daño había causado en la compostura de Larissa no significaba absolutamente nada para su anfitrión. El barón bajó la mirada al tiempo que abría el pequeño estuche de madera.

–Entiendo –dijo después de mirar durante un momento un collar de perlas y un broche de perlas y rubíes. Luego levantó sus ojos para volver a clavarlos en ella con una mirada más ardiente, aunque quizá fuese por el efecto indirecto de la luz sobre ellos–. ¿Y esto?

Antes de que supiese a qué se refería, o qué se disponía a hacer, el barón extendió la mano y tocó con un dedo uno de los pendientes que llevaba puestos. Los otros cuatro dedos le rozaron el cuello, seguramente un contacto accidental, y Larissa sintió claramente que un escalofrío la recorría de arriba abajo, desde la nuca hasta los dedos de los pies. Se balanceó cuando le fallaron las rodillas, se olvidó incluso de respirar. En un esfuerzo desesperado por recuperar el control de sus sentidos, cerró los ojos y entonces escuchó una especie de gruñido... ¿Suyo? Seguramente no.

Finalmente se centró en el asunto, o en lo que ella creía que era el asunto, algo en lo que invirtió un buen rato. El barón cerró de golpe la tapa del joyero y el chasquido la ayudó a volver en sí; abrió los ojos y dijo:

–Los pendientes los llevo siempre conmigo; cuando duermo suelo dejarlos a mi lado, en la mesita de noche.

–No pienso dejar nada al azar en lo que a usted concierne. Démelos.

Fue una orden, o eso le pareció, un tanto ruda, sobre todo teniendo en cuenta el tono de su voz. ¿Estaría hablando de los pendientes? No estaba segura, pues no podía pensar con claridad. Por si acaso se los quitó, se los tendió y los soltó antes de que la mano del barón se acercase demasiado a la suya, temiendo que pudiese tocarla de nuevo. Pero el movimiento fue demasiado rápido y las joyas cayeron al suelo sin que él tuviese tiempo de hacer nada para evitarlo.

Disgustada por las muestras de nerviosismo, se dispuso sin pensárselo a agacharse para recoger los pendientes, sin detenerse a pensar en que a él se le podría ocurrir lo mismo, como sucedió. Sus cabezas chocaron al inclinarse ambos al mismo tiempo; Larissa perdió el equilibrio y terminó sentada en el suelo. Antes de que pudiese recobrarse del sobresalto, él la levantó.

Eso no hizo más que aumentar la desazón de la joven. Quedó totalmente sin habla por lo embarazoso de la situación. En vez de ofrecerle la mano para ayudarla, cosa que ella hubiese rechazado (él quizá lo intuyó), la levantó, sosteniéndola por las axilas como si fuese un niño. Hubiese sido imposible realizar ese movimiento desde el suelo, pero él usó el pecho como apoyo. Durante unos breves instantes, antes de que la soltase, sintió las manos de él junto a su seno y éste firmemente aplastado contra el pecho masculino. Apenas unos segundos, pero para Larissa fueron una eternidad.

Las perlas todavía estaban en el suelo, junto al joyero que él había depositado en el suelo antes de levantarla. Vincent Everett cerró su puño con fuerza sobre ellas antes de guardarlas en el estuche. Por un momento, él pareció tan nervioso como ella; fue un destello tan efímero que Larissa pensó que eran imaginaciones suyas. Una vez logrado su propósito, se volvió impaciente hacia la puerta, dispuesto a marcharse.

Ella nunca lo hubiese retenido, necesitaba que se fuese antes de caer completamente desvanecida. En cambio, su mente no parecía estar obedeciendo a su voluntad, y en cuanto se fijó en su equipaje recordó...

–Oh, pensaba buscar a su ama de llaves... creo que me han asignado una alcoba equivocada. Lo cierto es que desearía estar más cerca de mi hermano.

Hubiese querido añadir algo más, pero él la interrumpió.

–No, está bien así. Normalmente recibo invitados en vacaciones, de esos a los que no puedo insinuar ningún tipo de preferencia, ya me entiende, son socios míos. Así que mejor que trasladarla a usted si continúa aquí para entonces, es mejor que se quede desde el principio. ¿Hay algo que no le plazca de su aposento?

–Bueno, no, en realidad... –titubeó.

–De acuerdo, entonces olvidemos este asunto.

Y salió de la habitación antes de que ella pudiese alegar nada más. Cerró la puerta y escuchó cómo se cerraba otra. Larissa se dejó caer en la cama; estaba al borde del colapso, temblaba visiblemente y tenía los nervios tan alterados que sólo quería gritar. Sentía que su corazón latía desbocado. Cielo santo, ¿qué le había hecho aquel hombre?

6

Vincent cerró la puerta de su estudio para asegurarse de que no sería interrumpido. Todo el personal de servicio sabía que el barón no debía ser molestado bajo ningún concepto cuando la puerta del estudio estuviese cerrada; sólo su secretario personal estaba exento de esta norma. El dormitorio también podía garantizar la más absoluta intimidad, pero estaba demasiado cerca de ella.

Nunca antes se había emborrachado a primera hora de la tarde. Aquel día era una excepción. El brandy que se había servido no le había ayudado mucho. Tuvo la vana esperanza de que serviría para calmarlo, o por lo menos para quitarse a Larissa Ascot de la cabeza y proporcionarle algo de sosiego. No fue así.

No debería haber ido la víspera a llamar a la puerta de los Ascot, y tampoco debería haber llamado a la puerta del dormitorio de la damisela... el asunto de las joyas no fue más que una excusa para verla. Simplemente quería tenerla cerca. Se había sentido tan estimulado durante la comida que no se resignaba a estar lejos de ella, y más sabiendo que la muchacha estaba allí, en su casa.

Pero había sido un error. Verla tan cerca de una cama había hecho que volviese a pensar en la seducción. Después de todo, no era un mal lugar para comenzar. Pensaba que podía arreglárselas, las cosas llevaban incluso un buen rumbo... hasta que él mismo se sintió confuso por la situación.

Nunca había sentido un deseo tan intenso y completamente incontrolado. La fuerza de esa pasión, la imperiosa urgencia de arrojarla sobre la cama y deslumbrarla en el más completo y desinhibido abandono lo tenía estupefacto. No es que tuviese experiencia en encantamientos, ni en entregarse al abandono. Pero estaba seguro de que era demasiado pronto para hacer algo así con ella.

Sí, la damisela se había excitado. Cielo santo, qué fácil le había resultado, y probablemente sólo habría ofrecido una suave resistencia simbólica antes de abandonarse. Pero no era eso lo que él quería. La quería totalmente rendida, quería que le suplicase por todo aquello que él planeaba darle. Su ruina iba a ser consecuencia de sus propios actos, eso sí, con una pequeña ayuda por parte de él. Su maldita conciencia, que parecía estar levantando cabeza en este momento de su vida, no iba a ser un impedimento para llevar a cabo los planes que tenía para la hija de George Ascot.

En esos momentos la había dejado sin ningún tipo de alternativa, no tenía otra opción que aceptar su hospitalidad. También se había ocupado de que los muebles fuesen... robados, sí, eso le diría la próxima vez que Larissa sugiriese la necesidad de venderlos. Ordenaría trasladar el mobiliario a otro almacén y así podría llevarla hasta allí, para que viese con sus propios ojos que sus pertenencias de valor habían desaparecido.

Por otra parte, las joyas deberían permanecer en un lugar inaccesible para ella, puede que la llave de su caja de seguridad se perdiera durante una buena temporada... Todavía no había puesto las alhajas a buen recaudo. Uno de los pendientes, por ejemplo, estaba en su mano, y se lo pasaba inconscientemente por la mejilla una y otra vez. Los había visto colgados de los lóbulos de Larissa; los había observado balanceándose y golpeando suavemente su cuello cuando ella se ponía nerviosa. Todavía estaban calientes cuando los recogió del suelo, y cerró el puño sobre esa cálida sensación al dirigirse a la puerta para salir de la alcoba, como si deseara que se mantuviesen así aunque él se hubiese forzado a sí mismo a soltar a Larissa...

La seducción siempre le había parecido un asunto sencillo, algo fácil de planificar. ¿Cómo diablos se le estaba haciendo tan difícil? En realidad sabía cuál era la causa. No había previsto el efecto que ella podría causarle, no había contado con quedar hechizado por su tímido rubor, ni hipnotizado por su belleza, ni fascinado por la miríada de emociones que ella parecía sentir, ni con poder sentirse excitado tras un leve e inocente roce, ni tampoco con que fuese él quien sintiese arder su cuerpo. Porque era él quien estaba siendo seducido, y además a conciencia. No confiaba en poder contenerse sin darle a todo aquello un final espontáneo.

Debía distanciarse durante un tiempo, al menos hasta que consiguiese dominar las inesperadas reacciones que estaba experimentando. Lo ideal sería evitar verla durante un día, tal vez dos, pero no disponía de tiempo; luego lo mejor sería no tocarla, porque rozarla con sus manos había sido su propia perdición. Probablemente podría lograr seducirla sin ningún tipo de contacto físico. Trabajaría sus sentimientos, su compasivo corazón. Incluso recurriría a las fórmulas de cortesía habituales. Primero conquistaría su mente y después su cuerpo.

Satisfecho con su nueva estrategia, Vincent apuró su copa de brandy y esta vez no se sirvió más. Se sintió a gusto con la interrupción que supuso una llamada a la puerta. Sabiendo que sólo su secretario osaría hacer algo así, no le supuso ninguna sorpresa ver entrar a Horace Dudley.

Vincent había olvidado que tenía que buscar un nuevo secretario. Algo bastante desagradable, que le daba mucha rabia. Tanta como la que había sentido la noche anterior, cuando lo vio marchar calle abajo con la nevada que estaba cayendo. Horace llevaba en la mano la carta de dimisión que le había prometido.

–Puede destruir esa carta, señor Dudley –dijo antes de que el empleado tuviese oportunidad de mostrársela–. Ya he rectificado aquello que usted encontró tan... cuestionable. No tiene razón alguna para abandonar su puesto.

–¿Rectificado? –preguntó incrédulo–. ¿Ha permitido a los Ascot conservar su casa?

Vincent no daba crédito a tan absurda conclusión.

–¿Después de todos los esfuerzos y los favores que he tenido que pedir? –respondió frunciendo el ceño–. No. La damisela se hospedará aquí hasta que su padre regrese. No tendrá que esperar sentada en una esquina, aterida de frío bajo una manta mientras la cubre la nieve.

Horace carraspeó para aclararse la garganta.

–No había imaginado unas circunstancias tan desagradables, milord, pero ya veo que usted sí.

–No, en absoluto –puntualizó al tiempo que se marcaban profundas arrugas en su frente–. Y eso no tiene nada que ver con el asunto. Coincidirá conmigo en que ya no hay razón para que busque otro empleo.

Horace Dudley, al recordar la bronca que su mujer le había echado la noche anterior, un sermón acerca de sus elevados principios morales y de cómo éstos no llevaban pan a la mesa, estuvo contento de poder decir:

–Por supuesto, milord. Le estoy muy agradecido.

–Pues regrese a su puesto. Lo primero es concentrarse en esas dos inversiones que discutimos la semana pasada. Eso... ah, sí, llame al médico para que venga a casa.

–¿Está enfermo?

–No, pero haga saber al servicio que el doctor vendrá y atenderá cualquier enfermedad o dolencia que puedan tener.

–Usted sabe que ninguno se presentará ante el doctor. Sus atenciones resultan demasiado caras para los menos...

–Yo correré con todos los gastos –le interrumpió.

Horace parpadeó sorprendido.

–Eso es... es un acto muy generoso por su parte, milord. ¿Seguro que se encuentra bien?

La expresión del barón pasó de seria a molesta.

–No, no me he vuelto loco, tengo mis razones para hacerlo. Usted asegúrese de que, si el doctor es requerido por la señorita Ascot, éste le diga que se trata simplemente de la visita que hace anualmente por estas fechas. Y también haga que atienda al hermano de la señorita. Parece que el muchacho lleva bastante tiempo enfermo.

–Claro, ya entiendo. Está intentando que ella se sienta en deuda con usted.

Vincent casi estalló en carcajadas ante el error de su secretario. Que se sintiese en deuda podría estar bien, desde luego, pero esperaba provocarlo de alguna otra manera. Su única preocupación era, de momento, evitar que la muchacha pagase los servicios del médico. Horace no necesitaba saber más, y Vincent asintió con un gesto, dejando que su secretario lo interpretase como mejor le pareciera.

7

Vincent trató de pensar en otra cosa el resto de la tarde, pero la hora de la cena se acercaba inexorablemente. Y a medida que transcurría el tiempo, se sentía tan preocupado por la expectativa de volver a ver a su bella huésped que sabía muy bien que no podría... Todavía no. Al menos mientras el simple hecho de pensar en ella hiciese que le hirviera la sangre en las venas.

Maldita sea, los acontecimientos estaban tomando un cariz inesperado. Aunque también existía la posibilidad de que la damisela no bajase a cenar con él. Pero temiendo que ella creyese que las normas elementales de cortesía así lo requerían, decidió abandonar la casa. Sí, el dilema en el que se debatía sólo podía tener una solución, y había varios lugares donde encontrarla.

Se decidió por lady Catherine. Viuda desde hacía algunos años, en su casa siempre era bien recibido. Y como ella llevaba una vida recluida, rara vez la encontraba ocupada en otros asuntos cuando la visitaba, como solía ser habitual en el caso de otras mujeres a las que hacía compañía. No tenía una amada, ni una única amante, nunca había necesitado ceñirse a una sola mujer, pues tenía tantas invitaciones y citas de sus conocidas que generalmente no podía atenderlas a todas. Las pocas que visitaba con regularidad eran, por supuesto, las que menos complicaciones le proporcionaban, las que disfrutaban de la independencia que les concedía su estado y tan sólo querían lo que él estaba deseando darles, o al menos ésa era la impresión que ellas tenían.

Catherine era una bella mujer, unos pocos años mayor que Vincent, y estaba en deuda con él. El barón había mediado para que pudiese adquirir la casa de sus sueños, una mansión de la que se había enamorado desde niña y que siempre había soñado poseer. No había conseguido convencer al propietario de que se la vendiese cuando se convirtió en una adinerada viuda. Y así fue cómo Vincent la conoció, cuando se enteró de lo que ella andaba buscando. No había mentido a Larissa al explicarle cómo hacía su fortuna. Catherine le había pagado una cifra exorbitante por averiguar cómo convencer al dueño para que vendiese... en este caso particular consistía en una cuadra de caballos de carreras en Kent que aquel hombre jamás habría soñado con poseer, y eso que era un gran aficionado a la equitación, junto con una invitación para visitar a la reina. No le había parecido un precio muy alto.

Catherine estaba en deuda con él, o eso creía. La casa merecía la pena. Vincent se preguntaba si ésa sería la razón por la cual siempre había gran cantidad de comida extra cuando él se presentaba, aunque fuese sin previo aviso. Aunque Catherine comiese sola.

Como siempre, disfrutó de un espléndido menú preparado por el eficiente cocinero de la dama. Incluso disfrutó con la compañía de Catherine y con su fino ingenio, capaz de divertirlo a él, un hombre que no solía divertirse con nada. Ella esperaba pasar la noche con Vincent, y él también; ése era su plan y la razón por la que estaba allí. Pero, a pesar del ardiente deseo que había experimentado a lo largo del día, durante aquella velada no se sentía especialmente apasionado.

No era culpa de Catherine; su comportamiento era tan cariñoso y complaciente como siempre. Era por Larissa, en quien Vincent no había podido dejar de pensar, ni siquiera durante las horas pasadas con otra mujer.

El barón se marchó inmediatamente después de cenar. Catherine se disgustó bastante y a duras penas pudo disimularlo. Él nunca había hecho nada semejante, pero si se hubiese quedado, habría sido una velada bastante desagradable para ambos.

Regresó a casa inquieto, con la certeza de que la cercanía, la proximidad física de Larissa iba a acarrearle algún que otro problema aquella noche. ¡Qué locura había sido acomodarla en una alcoba tan próxima a la suya, con una puerta de enlace y sin ni siquiera cerraduras que impidiesen el paso de una habitación a otra! Además, no parecía que fuera a haber invitados en Navidad. Él había querido tenerla cerca. Por alguna extraña razón, había pensado en la situación después de que se hubiese consumado la seducción: su plan era compartir su cama, al menos hasta que George Ascot regresase; por eso sus dormitorios estaban tan próximos. Lo que no tuvo en cuenta fue la posibilidad de resultar tentado, más allá de lo razonable, antes de tenerla.

Estaba en lo cierto. No pudo conciliar el sueño. Como tampoco pudo resistirse a entrar en el dormitorio de su huésped aquella misma noche. Tenía una excusa preparada por si ella se despertaba, pero no le hizo falta. No se despertó. Dormía profundamente. Ni siquiera trató de no hacer ruido, quería despertarla. No lo consiguió. La muchacha empezaba a volverlo loco.

De algún lugar, no sabía de dónde, pudo reunir fuerza de voluntad suficiente para sobreponerse a su deseo y salió de la habitación sin despertarla. Exhausto, pudo incluso dormir cuando regresó a su alcoba, casi rayando el alba. Había pasado casi toda la noche en el dormitorio de su huésped, presa de un elevado estado de tensión que lo había llevado al agotamiento.

Y soñó con ella, que lo observaba dormir de pie, al lado de la cama, tal como había hecho él...

No fue un sueño. Larissa tampoco podía dormir pero, a diferencia de él, la muchacha no sabía qué era lo que le impedía conciliar el sueño, lo que la mantenía dando vueltas en la cama golpeando la almohada de vez en cuando, irritada por su insomnio. Había escuchado a Vincent acercarse al vestíbulo, sabía que se trataba de él porque sus puertas eran las únicas que se encontraban a ese lado del vestíbulo. Después escuchó una serie de sonidos vagos, difusos... hasta que la puerta de su habitación, que daba al dormitorio del barón, se abrió; entonces se quedó tan quieta que apenas respiraba.

Era él, y con él llegaron todos los sentimientos que la habían asaltado durante la comida, simplemente al sentir su presencia. No podía imaginarse qué era lo que quería, ni se lo pensaba preguntar, por supuesto. No sentía la suficiente curiosidad como para abrir los ojos, aun cuando sospechó que iba a despertarla para decirle algo. Fingió dormir. No quería saber nada, en modo alguno quería saber.

El corazón le latía con tal fuerza que tenía la seguridad de que el barón lo oiría, pero él no la despertó. Lo cierto es que hizo ruido suficiente como para haberla despertado si no hubiese estado fingiendo que dormía. Después estuvo quieto, tanto que llegó un momento que no sabía si seguía allí o no. Fue una situación difícil, pues no se podía relajar, ni tampoco abrir los ojos para comprobar si se había marchado o no. Permanecer inerte fue una sabia decisión, pues horas más tarde lo oyó dirigirse a la puerta y suspirar.

Finalmente, pudo relajarse cuando escuchó cómo se cerraba la puerta. No sabía lo tenso que había estado su cuerpo y, seguramente, tendría calambres al día siguiente. Cuando el barón abandonó el dormitorio, en vez de darse la vuelta y dormir, se levantó y fue detrás de Vincent. No inmediatamente, por supuesto, por nada del mundo quería encontrarse cara a cara con el barón, y menos después de la brutal prueba de nervios que había pasado. Lentamente se deslizó hasta el vestidor y de allí al cuarto de baño; apoyó la oreja en la puerta que comunicaba ambos dormitorios y se quedó allí, quieta, escuchando. Pasaron diez, veinte minutos y el pabellón del oído comenzaba a dolerle. La estancia estaba fría, demasiado alejada de la chimenea de la otra sala como para que se caldease, y el brasero portátil se había apagado ya. Comenzó a sentir escalofríos en la espalda. Entonces hizo algo que seguramente era la cosa más estúpida que había hecho nunca y que jamás haría. Abrió la puerta.

Entró diciéndose a sí misma que simplemente pretendía asegurarse de que el barón se hubiese acostado y que no regresaría a espiarla. Entonces, en cuanto lo vio acostado en aquella enorme cama, se acercó un poco más, a pesar de las indicaciones de su sentido común.

Se sentía como hipnotizada. La sala contaba con luz suficiente como para verlo, pues el barón se había cuidado de alimentar convenientemente la chimenea antes de acostarse. En consecuencia, la habitación estaba agradablemente caldeada, una razón más para no abandonar inmediatamente el lugar. Al menos fue la excusa que se dio a sí misma para permanecer al pie de la cama, mirándolo fijamente. Que el pecho del hombre se adivinase amplio, incluso bajo la manta, no tenía nada que ver con aquello...

¡Su caja torácica era realmente ancha! Y la piel se veía suavemente oscurecida por el vello, un vello espeso y negro, al igual que el pelo de la cabeza, que parecía una gruesa alfombra. Poseía el cuerpo robusto de esos hombres aficionados a las proezas atléticas. Sus brazos eran tan gruesos como pequeños troncos de árbol, y los tendones de su cuello, recio y musculoso, parecían cuerdas.

La mandíbula se veía oscurecida por una barba incipiente. Probablemente necesitaría afeitarse más de una vez al día. El vello facial de su padre era similar, le crecía tan rápido que, como muchos hombres en su situación, se dejaba barba y únicamente se preocupaba de mantenerla con un corte elegante. Se preguntaba por qué el barón no se la dejaba también; en realidad se preguntaba muchas cosas acerca de él. ¿Estaba solo, sin familiares? ¿A quién recurriría cuando necesitase un amigo con el que hablar? ¿Habría elegido una dama con la que crear una familia? ¿Estaría cortejando a alguien con intenciones serias? ¿Querría formar una familia propia alguna vez? Probablemente sí. Poseía un título nobiliario que debía legar. Y ya se sabe, esos asuntos se toman muy en serio entre los miembros de la nobleza.

No es que se lo fuese a preguntar algún día. No es que le importase, era simple curiosidad. Preguntarse cosas acerca del hombre que lo desahuciaba a uno de su hogar, y que después se ofrecía a recogerle en su propia casa, era algo perfectamente normal... y a causa de ello, sentía emociones desconocidas hasta entonces.

Vincent Everett se removió en la cama. Quizás hasta abriese los ojos, era difícil saberlo. Larissa, con el corazón a punto de estallar, se agachó tras la cama y estuvo allí durante lo que le pareció toda una eternidad. Por fin se decidió y salió del dormitorio a gatas, tratando de que el barón no la viese. Sentía las mejillas ardiendo por el rubor. Con la vergüenza había recuperado el sentido común. Sabía que había cometido una auténtica estupidez, una de verdad, y no pensaba cometer otra.

8

Era un ruido sordo y amortiguado tras las dos puertas cerradas, pero lo bastante fuerte como para despertar a Larissa. No pudo averiguar la procedencia de aquellos golpes hasta que, tambaleante y soñolienta, se dirigió al cuarto de baño y encontró a uno de los lacayos del servicio arrodillado ante la puerta que daba al dormitorio del barón.

La presencia de aquel hombre la despertó de repente. Con los ojos abiertos como platos, tan sólo pudo ahogar una exclamación de sorpresa.

Un examen más detallado de la situación le permitió fijarse en varias herramientas repartidas por el suelo y en la labor que realizaba aquel hombre: estaba colocando cerrojos en las puertas. El pomo de la puerta en la que trabajaba en aquel instante había caído al suelo por accidente, y ese ruido era lo que la había despertado.

El sirviente se deshizo en disculpas y explicó, con embarazo y con todo lujo de detalles, que tenía previsto terminar la tarea que le habían encomendado antes de que ella se levantara para no tener así que molestarla. Ciertamente, levantarse y encontrarse a un hombre en el cuarto de baño era una molestia o, al menos, un contratiempo, aunque no tan grande como si ese hombre hubiese sido el barón en persona.

El ama de llaves también se hallaba presente, supervisando la obra desde el otro lado de la puerta, dentro del dormitorio del barón Vincent Everett. Ésta dio a conocer su presencia echando de allí al sirviente al instante.

Acto seguido en cuanto el sirviente salió despejó cualquier sombra de duda, si es que pudiese haber alguna.

–Terminará cuando baje usted a comer, señorita Ascot –dijo–. El barón no había caído en la cuenta de que estas puertas estaban sin cerrojo, y yo tampoco. Esto no supondría un problema si quien durmiese ahí fuera su esposa pero, dadas las circunstancias... bien, usted ya me entiende.

Larissa entendía perfectamente la necesidad de un cerrojo a ambos... ambos lados de las puertas del baño. Lo único que no entendía era por qué las estaban instalando justo en ese momento, después de que ocurriese lo que había ocurrido, por decirlo de algún modo. Y menos que fuese a petición del propio barón, naturalmente.

Para empezar, la falta de cerrojos había sido el motivo más importante por el cual ella apenas había podido conciliar el sueño la noche anterior. Se daba cuenta ahora, había tratado de echar el cerrojo a la puerta de su alcoba nada más entrar. Por no mencionar que era la primera noche que dormía en una casa extraña, lo cual era una excelente razón para hacerlo.

Pero con esta sorprendente orden de poner cerrojos a las puertas, Larissa se preguntaba qué había ocurrido en realidad. Hasta entonces, ella tenía asumido que había sido él quien había entrado en el dormitorio, pero no lo vio, no abrió los ojos ni una vez. Entonces se le ocurrió pensar quién podría haber sido.

Tal vez una de aquellas criadas nuevas, las que todavía no eran de confianza. El propio barón, preocupado, se había ofrecido a guardarle las joyas. Una de ellas habría entrado a robar y no pudo salir de la habitación porque Larissa había subido a acostarse. Entonces la doncella ladrona se habría escondido en el vestidor, esperando que el sueño venciera a Larissa para poder escabullirse.

El miedo pudo paralizar a la ladrona, o quizá se había dado cuenta de que, a pesar de no haberse movido ni una sola vez, la señorita seguía despierta. La sirvienta habría estado esperando, sumida en una agonía, alguna señal de que Larissa se había quedado dormida. Porque si no, al abrir la puerta del vestíbulo para escabullirse habría entrado algo de luz en la habitación, y Larissa hubiera podido comenzar a chillar.

Era una explicación totalmente probable, bastante más que la del barón de pie junto a su cama durante horas enteras, contemplándola mientras dormía. Finalmente la ladrona se rindió y suspiró, era el lamento que había escuchado, resignándose a pasar la noche en el vestidor. Como Larissa en ningún momento dio señales de estar profundamente dormida, no podía huir sin ser descubierta.

Pero al final, sin querer, le dio una oportunidad para escapar al entrar en el cuarto de baño para escuchar detrás de la puerta. Entonces, la intrusa bien podría haberse deslizado fuera con relativa facilidad. Larissa no la habría oído, pues su atención estaba concentrada en los sonidos producidos al otro lado de la puerta, en la habitación del señor Vincent Everett, no en la suya.

¡Dios santo! Estaba segura de que el barón la había visto la noche anterior, y ésa era la razón de que pusieran cerrojos. Él estaba acostado tranquilamente en su habitación, ella era la que había entrado en una habitación que no era la suya sin motivo alguno, o al menos ése era el punto de vista de Everett.

Larissa gimió hundiendo el rostro en sus manos. Nunca saldría de la habitación. No, tampoco podía permanecer allí, no era su habitación. Pero lo que de ninguna manera osaría hacer era encontrarse cara a cara con el barón. La desazón había superado los límites de lo tolerable.

Dejaría la casa. Tenía que hacerlo. Él era lo bastante exquisito en sus maneras como para no sugerirlo; simplemente había ordenado colocar cerrojos. No podía, fuera como fuese, quedarse allí y correr el riesgo de encontrárselo de frente.

–¿Qué idea se habrá formado de mí? –susurró compungida, mortificada por la vergüenza.

De pronto recordó un detalle que la hizo gemir desesperadamente: no iría a ninguna parte sin sus joyas y, para recuperarlas, tenía que ver al barón. Él había tomado las joyas en custodia. Y también había de darle la dirección del almacén donde se hallaban almacenadas sus pertenencias. Tampoco podía marcharse, claro está, sin hablar con él y, si iba a hacerlo, tendría que explicar qué había ocurrido anoche.

¿Había temido estar alguna vez en una situación semejante? No, nunca se lo había planteado. Para empezar, este terrible error era consecuencia directa de sus mentiras; si hubiese vendido sus joyas o parte del mobiliario, podría contar con algo de dinero líquido y así, en vez de estar instalados en casa del barón Everett, estarían en la habitación de un hotel hasta que se le ocurriese qué hacer para salir del apuro.

Tras preguntar al primer sirviente por el paradero del barón, la acompañó al estudio del piso inferior. El criado le había dicho que allí solía pasar las mañanas; se encerraba en el estudio inmediatamente después de su paseo a caballo matinal, que bien podía durar hasta el mediodía, y se dedicaba a sus compromisos sociales y a sus negocios. Aquel día era una excepción.

En realidad no prestaba atención a los comentarios del criado mientras la conducía al estudio de su señor. Ya tenía las mejillas ardiendo, sin haber visto al barón, bastaba que pensase en lo que había pasado. Tuvo que hacer un esfuerzo consciente para lograr llegar al estudio por sus propios medios.

Era una oficina muy bonita y confortable. Las sillas dispuestas alrededor de la mesa parecían tan cómodas como funcionales. Sin duda, cualquier visitante se hubiese sentido realmente cómodo allí... cualquiera menos ella, claro. Había varias lámparas encendidas, pues el día se había tornado oscuro y gris con breves ráfagas de nieve. La pantalla rosada de la lámpara quedaba muy elegante con el drapeado color rubí. Larissa trataba de mirar a cualquier parte que no fuese hacia él, pero no pudo mantener la situación durante mucho tiempo.

Estaba sentado tras un gran escritorio, leyendo el periódico sin dedicarle a ella ni una sola mirada. Las mejillas del barón le parecieron tan sonrojadas como debían estar las suyas; probablemente sería un efecto de la luz rosada de la lámpara. Qué más quisiera que él tuviese algo de lo que avergonzarse.

–Alguien estuvo en mi habitación anoche –espetó–. Pensé que era usted, pero creo que estaba durmiendo.

Tardó en analizar la frase y, cuando lo hizo, cayó en la cuenta de que estaba confesando su falta, que era, ni más ni menos, haber entrado en un dormitorio ajeno en plena noche. ¿Quién más podría asegurar que él estaba durmiendo? Si él no se enteró de su fechoría, sin duda la descubrió en ese instante.

–Podría haber sido yo.

Larissa tardó varios segundos, toda una eternidad, en digerir las palabras del barón.

–Lo siento, me temo que no comprendo... –replicó parpadeando confusa–. El uso del condicional implica que no está seguro de tal afirmación, ¿cómo es posible?

–Nunca me he despertado durante mis accesos de sonambulismo. No son frecuentes, sólo en contadas ocasiones vago por la mansión completamente dormido. Pero no muy a menudo. Y, al parecer, tampoco me desplazo muy lejos; si lo hiciese, debería considerar la posibilidad de cerrar mi habitación con llave mientras duermo. Una determinación que no me place tomar, por cierto. Y se me ha ocurrido que, mientras está usted aquí, podría realizar alguno de esos extraños paseos e introducirme en su alcoba, dándole un susto de muerte. Por eso he decidido colocar cerrojos en las puertas como medida de precaución.

Larissa interpretó que estaba responsabilizándose de su terrible falta, aunque él no tuviese culpa alguna. La explicación del barón le había aliviado un poco la conciencia, no se sentía tan molesta consigo misma. Él no la había visto. Y, por otro lado, ella podía cerrar la habitación cuando le viniese en gana, tanto si estaba dentro como si no y no tendría que preocuparse por ladrones. Con esa estrategia, Vincent Everett le quitó las ganas de abandonar su mansión, o eso creía.

Ella aún podía irse de allí. Había algo en sus sentimientos hacia el barón que la ponía nerviosa. Sólo debía limitarse a despreciarlo profundamente, pero había algo más.

Estuvo a punto de decir que quizá fuese mejor que empezase a buscar un nuevo alojamiento, cuando recordó a su hermano y a las palabras del doctor que lo había visitado. El médico no esperaba que se diera una mejoría importante en un plazo inferior a una semana, siempre que estuviese en aquellas condiciones. También había hecho hincapié, como antes lo hiciese su médico en numerosas ocasiones, en que evitase las corrientes de aire a toda costa, aunque pareciese recuperado. Una recaída podría ser terrible.

No había reflexionado sobre ello, preocupada como estaba por su propia vergüenza, motivo más que suficiente para abandonar la casa del barón. Él estaba consiguiendo ocupar la mayor parte de sus pensamientos, hasta el punto de excluir otros más cercanos a ella.

«Sí, quizá pueda esperar una semana, lo justo hasta que Thomas sane», pensó. Mientras tanto debía encontrar una buena casa de subastas que la ayudase a vender sus muebles más valiosos, y un joyero que le ofreciese un precio razonable por las perlas heredadas de su madre. No podía dejar pasar más tiempo esperando a que regresase su padre y pusiese todo en orden. Debía comenzar a hacerse a la idea, a admitir la posibilidad de que quizá nunca regresaría.

También habría de encontrar un empleo para mantener a lo que quedaba de su familia. No podría acceder a los bienes de su padre hasta que éste fuese declarado... no quería ni pensarlo. Lo único seguro es que no tenía la menor idea de cuándo regresaría su padre.

Un rápido vistazo a la ventana le indicó que el día había avanzado demasiado como para ponerse a hacer algo; ni tan siquiera era un día que invitase a pasear por Londres. La nevada, que había comenzado al oscurecer, continuaba a intervalos. Lo último que necesitaba era caer enferma también y verse obligada a guardar cama. Comenzaría al día siguiente, a primera hora de la mañana, si es que lograba dormir aquella noche.

–Siento haberle molestado –dijo apresuradamente, impaciente por huir de la presencia de su interlocutor–. Le dejo con su lectura, y le agradezco que haya pensado en los cerrojos.

–No se vaya.

9

Fue un auténtico sobresalto escuchar aquel ruego en boca de lord Everett, y más desde que había resuelto abandonar la casa cuanto antes. Tardó un instante en darse cuenta de que así era; el barón parecía hablar de la casa, no del despacho. Su tono había sonado lastimero, casi desesperado, y eso era el motivo de su desconcierto.

Él se sentía muy solo. Ahora estaba segura de ello. No permitiría que ese dato influyese en ella, pensó. Él no era un amigo, no era nada para ella; nada aparte de un despreciable ricachón que los había desahuciado. Desafortunadamente para ella, su corazón no era tan duro como su razón y le impidió tener una perspectiva objetiva de la situación. Le resultaba muy molesto saber que aquel hombre se sentía tan desoladoramente solo, era algo que despertaba su más profundo instinto de compasión.

Larissa lo miró y arqueó una ceja interrogativa, forzándolo a dar más explicaciones. Aquello pareció desconcertarlo. Necesitaba una buena razón para retenerla en su casa y, aparentemente, no tenía ninguna. La vehemencia de su ruego había sido desmedida, pues revelaba demasiado acerca de sí mismo. Ella se apenó, y anduvo despacio hacia la ventana para darle tiempo a que expusiera sus razones.

Esperaba que fuesen motivos banales, o comunes; consideraciones de poca importancia. Algo que le hiciese reconsiderar su postura ante la supuesta soledad de él. Debería estar contenta; después de todo, ella no quería sentir la menor lástima por él.

Desde luego que la soledad no era un asunto que quisiese discutir con ella, simplemente había tenido un pequeño desliz, y ella había sacado una conclusión errónea. Lo que tenía que hacer ahora era inventar algo; le había rogado a su huésped que se quedase, no lograba entender por qué.

Sin duda era algo perfectamente lógico, algo que tarde o temprano nos sucede a todos en alguna ocasión. Que ella hubiese inferido que él se sentía solo, simplemente por un comentario desafortunado, era bastante rocambolesco. ¿Se estaría haciendo ilusiones otra vez? Era absurdo. Lo que tenía que hacer era dejar de pensar en él y, sobre todo, no hacer deducciones precipitadas.

–¿Atendió el médico a su hermano?

–Sí –respondió en tono cortante.

–Bien. Simplemente era para asegurarme de que los miembros del servicio no hubiesen acaparado todo el tiempo del doctor y no le hubiesen dejado la oportunidad de visitar a todo el mundo –explicó–. El médico regresó a su consulta antes de que pudiese hablar con él.

–No –contestó sonriendo–, creo que dijo que Thomas fue su primer paciente.

–¿Cómo evoluciona la enfermedad?

–Todavía está débil, pero va mejorando. Debe guardar cama durante una semana, más o menos.

–Semejantes nuevas no serán del agrado del joven Thomas.

–¿Recuerda cómo son las cosas desde el punto de vista de un niño? –inquirió interesada.

Lo natural hubiese sido contestar; en cambio, él calló y se limitó a fruncir el ceño tan profundamente que ella se preguntó qué ocurriría en su interior, aunque se cuidó de preguntárselo. De otra cosa estaba segura: cuanto menos supiese de él, mucho mejor.

Siguiendo ese razonamiento, ella continuó hablando como si no sintiese la menor curiosidad por su interlocutor.

–Sí, claro. Tommy odia guardar cama. Nunca había estado enfermo, al menos no como para tener que recibir tantos cuidados y pasar por la lenta convalecencia que está atravesando. Por eso procuro pasar la mayor cantidad de tiempo posible con él. También tuvimos que prescindir de los servicios de su tutor, ahora soy yo la encargada de su educación y, como no tiene otra cosa que hacer, Tommy está adelantado en sus estudios. La verdad es que no sé de qué me preocupo.

–Es un chico inteligente, ¿verdad? –lo dijo como una aseveración, no como una pregunta.

–Mucho, por ese motivo recibe su formación en casa –dejó su

mohín interrogativo tan rápido que el barón casi creyó que lo había imaginado–. El director del colegio se negó a dejarlo cursar niveles superiores. Hacía tiempo ya que soportaba las burlas de sus compañeros.

–Esas decisiones se pueden tomar por otras razones que las puramente académicas.

–Nos advirtieron de las dificultades que podría tener si se matriculaba en la universidad demasiado joven, a pesar de que lo que se le enseñaba no era desconocido para él, pues su razonamiento es muy maduro para un niño de su edad. Probablemente trabajará con su padre durante unos años, hasta que pueda ingresar en la universidad a una edad apropiada, o al menos eso era...

No pudo terminar la frase; se enfrentaba de nuevo a la posibilidad de que su padre no regresase. Tampoco había pensado en la repercusión que la prolongada ausencia de su padre tendría en los negocios.

La compañía naviera no sería de su propiedad hasta que George Ascot fuese declarado fallecido. Lo malo es que durante ese tiempo la compañía podría quebrar, y ella no heredaría nada. De todos modos no podría haberla dirigido, pues no poseía los conocimientos adecuados para esa actividad y Thomas era demasiado joven para dirigir la compañía. El oficinista que estaba al cargo tampoco podría seguir tomando decisiones que iban más allá de sus responsabilidades durante mucho tiempo.

–¿Era el plan...? –completó el barón–. ¿El plan antes de... qué?

–Antes de que comenzaran aquellos rumores, los que decían que mi padre no regresaría jamás.

Hubo un momento de silencio, y sus ojos brillaron por las lágrimas contenidas, lágrimas que él no pudo dejar de notar.

–Cree que ha muerto, ¿verdad?

–¡No!

Demasiado énfasis. Demasiada desesperación. Una mentira obvia a la que no prestó atención.

–Existen multitud de razones por las que podría retrasar su regreso, y ninguna de ellas tiene por qué ser trágica –dijo el barón–. Han sufrido algunos inconvenientes durante su ausencia, pero no tienen razones para pensar en otra cosa que no sea un simple retraso.

Inconvenientes. La palabra casi hizo que Larissa estallara en amargas carcajadas. ¿Es así como percibía el desahucio, como una pequeña dificultad con el propietario? Entonces se dio cuenta de que el barón trataba de levantarle la moral, de proporcionarle la esperanza que ella misma había perdido. Simplemente se conformaba con recuperar algo del optimismo de Vincent, pero no daba resultado. Su ánimo la había sostenido durante mucho tiempo, hasta que las circunstancias lo vencieron.

No podía seguir hablando con él. El nudo que sentía en la garganta estaba a punto de asfixiarla y, además, no había nada que añadir. Ya había contestado a las preguntas con las que trataba de retenerla.

Y entonces lo miró. Un error. Debería haber aprovechado la ocasión para marcharse, con sus ideas en orden. Debería haber sido capaz de inventar cualquier excusa mientras se dirigía resueltamente a la puerta. Lo miró, vio la preocupación en sus ojos, una expresión genuina, y estalló en sollozos imposibles de parar, imposibles de controlar.

Era un despacho espacioso y la ventana se hallaba bastante apartada de la puerta. Antes de que Larissa pudiese cubrir la distancia, una mano se posó en su hombro. La joven se detuvo y unos brazos se cernieron sobre ella.

Eso era lo que llevaba necesitando desde hacía varias semanas, un hombro sobre el que llorar. Y precisamente el hombro que tenía era el del hombre responsable de buena parte de las lágrimas que se agolpaban en sus ojos, ante las que él no parecía demasiado preocupado.

La estrechó entre sus brazos, la abrazó con fuerza, como si él también fuese a dar rienda suelta a sus emociones, cosa que no iba a hacer, por supuesto. Simplemente trataba de reconfortarla y no estaba seguro de cómo hacerlo, no era muy corriente que las mujeres se desmoronasen ante él.

Larissa se sorprendió al notar que le resultaba muy agradable estar entre sus brazos. Le gustaba apoyarse en su pecho amplio y fuerte y no quería separarse. Pero, cuando las lágrimas comenzaron a secarse, comenzó a percibir a Vincent de un modo muy diferente, como alguien capaz de perturbarla más allá de lo razonable.

–Gracias, ya estoy bien –dijo a la vez que rompía la calidez del abrazo dando un rápido paso atrás.

No, no lo estaba en absoluto, pero era lo mejor que podía decir en una situación como aquélla. Por desgracia, él era demasiado perspicaz y lo bastante franco como para contradecirla.

–No lo está –espetó secamente.

Lo estaba, al menos de momento, pues había recibido un pequeño consuelo. Pero había algo más, algo que la hacía temblar. Temía mirarle a los ojos, y ver lo que reflejaban en ese momento. Sospechaba que correría un terrible riesgo si se arrojaba de nuevo al fuego que ardía en la mirada del barón. Su estado emocional estaba demasiado débil para soportarlo.

Sin mirarlo, se volvió hacia la puerta y salió a toda prisa.

–Lo estaré –dijo desde el pasillo.

No tenía importancia que la hubiese oído, o que desease hablar de ello. No le concedió la menor posibilidad de añadir nada más, pues Larissa fue corriendo prácticamente hasta su dormitorio.

10

La velada anterior, cuando bajó a cenar al salón y tuvo que hacerlo sola, le informaron de que el barón solía ausentarse por las tardes. Algo bastante previsible en un miembro de la alta sociedad, y más en la proximidad de una de las fechas más adecuadas para hacer vida social. Su agenda debería de estar saturada, con multitud de citas y asuntos que atender. Por eso rara vez comía en casa, lo cual era una buena nueva para Larissa.

Por esa razón bajó a cenar aquella noche. No esperaba volver a encontrarlo durante el resto del día. Además, no tenía ninguna razón para pedir que le sirvieran la cena en la habitación, y no era conveniente saltarse las formas.

Se lo encontró allí.

No había contado con ello, y se sintió confusa al verlo entrar en el comedor. El barón la saludó con un seco movimiento de cabeza y tomó asiento frente a ella. El desasosiego trajo de nuevo las lágrimas, las mismas de las que él había sido testigo. Horrible emoción, que no podía controlar y que tanto la comprometía. En realidad ella no pensaba nada de eso, se mantenía ocupada intentando que la pena no saliese de ella como un torrente.

El barón no iba a insistir en el tema, algo que ella le agradecía. Se dirigió al camarero que le servía el vino y le susurró unas palabras. Larissa había rechazado beber durante la cena; normalmente no cenaba con vino, pero cambió de idea. Esperó a establecer contacto visual con el camarero y le indicó que sí tomaría un poco. Necesitaba algo, cualquier cosa, que la ayudase a resistir allí durante la cena ahora que no estaba sola.

Se hizo un embarazoso silencio entre ellos, pero tendrían que hablar tarde o temprano, eso era lo que hacía la gente civilizada. Seguramente sería capaz de sostener cualquier conversación intrascendente que no la llevase a un baño de lágrimas. Todavía tenía la petición de Thomas en la cabeza.

El chico le había vuelto a proponer que colocaran sus adornos navideños en el árbol del barón. Pero no entraba en sus proyectos estar allí por Navidad, pues pensaba trasladarse a otro lugar, aunque eso no se lo había dicho a su hermano. Y si, por alguna razón, para entonces no hubiese encontrado un alojamiento, arreglaría el asunto directamente con el barón.

Era una petición sencilla, no se imaginaba que pudiese rechazarla... y sería un tema de conversación. Necesitaba romper aquel incómodo silencio, pues estaba empezando a sentir calor en las mejillas.

–He visto que todavía no ha comprado árbol de Navidad –comentó Larissa, iniciando la conversación–. ¿Acostumbra a decorarlo?

–No –contestó lacónico mientras se recostaba con un vaso de vino en la mano. Parecía que estaba prestando toda su atención.

Debería habérselo figurado, ¿acaso se lo imaginaba haciendo algo tan festivo? Simplemente se lo encomendaría a los miembros del servicio y se limitaría a gozar del fruto de sus esfuerzos.

–¿Cuándo encarga que lo decoren? –insistió Larissa, modificando la pregunta.

–No lo encargo –replicó.

–¿Quiere decir que no pone árbol de Navidad... nunca? –no podía ocultar su sorpresa.

–¿Por qué le sorprende tanto? –inquirió alzando una ceja.

–Porque... porque siempre he tenido árbol de Navidad y pensaba que todo el mundo... ¿Cómo celebraba la Navidad cuando era niño?

–No la celebraba.

Inmediatamente fue asaltada por cientos de recuerdos navideños, de los divertidos ratos pasados adornando el árbol, de la emoción de los regalos... experiencias encantadoras que él nunca había disfrutado. Ni el barón la entendía, ni ella podía concebir una infancia sin Navidad.

–Usted es inglés, ¿verdad? –quiso saber.

Vincent rió. Larissa no veía dónde estaba lo cómico de su pregunta. Thomas estaba deseando adornar un árbol con los ornamentos que había preparado con todo su cariño. El niño tendría un árbol para satisfacer sus anhelos, y ella se lo iba a proporcionar aunque tuviese que salir a la calle y talarlo.

–Sí, soy bastante inglés –respondió en cuanto su carcajada se volvió una simple sonrisa–. Pero sucedió que no tenía a nadie con quien compartir las fiestas.

–¡Cuánto lo siento! –se disculpó abochornada–. No sabía que se hubiera quedado huérfano tan joven.

–No lo era –explicó–. Tenía más de veinte años cuando mis padres murieron.

Lo miró fijamente y decidió dejar pasar su comentario. Su familia debía de haber sido muy... extraña.

Si estuviese casado, su esposa habría insistido en tener un árbol. Pensando en ello, preguntó:

–¿Por qué no se ha casado?

Era el vino. Había bebido su primer vaso de un trago, y ya estaba terminando el segundo; de otro modo nunca hubiera osado formular directamente una pregunta tan personal. Deseaba que el camarero se hubiese ido. En realidad lo que deseaba es que no estuviera allí, al otro lado del comedor. Pero el sirviente estaba lejos.

El barón no dio muestras de haberse contrariado; incluso se molestó en contestar.

–No tengo una buena razón para casarme todavía –explicó.

–Tiene un título nobiliario que legar –puntualizó ella, en vez de pedir disculpas por la pregunta.

–Es el título de mi padre, un hombre al que despreciaba, ¿por qué iba a querer mantener ese dichoso título?

–Eso que dice es muy duro –replicó–. Estoy segura de que no habla en serio.

–En cierto modo. El odio tan solo dura unos pocos años, mientras que la indiferencia permanece en el tiempo.

–Veo que habla en serio. Yo... –suspiró– no conocía a nadie que no quisiera a sus padres.

–Usted siempre ha vivido protegida, Larissa –dijo riendo entre dientes ante el estupor de la joven–. No ha conocido a nadie que no tuviese su árbol de Navidad. ¿Quiere saber por qué?

Si conocía más cosas acerca de él, le sería más difícil recuperar el sosiego, estaba segura de ello.

–Sí –dijo sabiendo que debería haber contestado que no.

El barón apuró su copa antes de comenzar.

–Crecí en las propiedades de mi familia en Lincolnshire, lugar al que no he regresado desde que fallecieron mis padres.

–¿Por qué?

–Porque no me une ningún tipo de sentimiento a ese lugar, sino que revivo aciagos momentos de mi vida.

–No debe ahondar en ello... –propuso. Ahora lo veía de otro modo.

–No, no se preocupe –interrumpió–. Créame, esos sentimientos han desaparecido. De hecho, no tengo ninguna clase de sentimientos en lo que a mis padres se refiere. Eran personajes sociales, de salón. Se limitaron a cumplir su papel a la hora de tener un heredero, yo, y a continuación se olvidaron de mí. Me entregaron a la servidumbre para que me criaran. Algo muy común entre la gente que hace vida social.

Larissa supuso que era verdad, pero no tan frecuente como creía la opinión común. Tampoco explicaba por qué había nacido ese odio hacia sus padres. Pero no tuvo necesidad de preguntar.

–Mi hermano, Albert –continuó tras una pausa–, nació unos años después. No buscaban darme un hermano, fue algo... imprevisto. Y también lo entregaron a los sirvientes para que lo criaran. Me pareció natural que lo hicieran, así que no me di cuenta de que a mis padres, simplemente, no les gustaban los niños; o al menos no disponían de mucho tiempo para compartirlo con ellos. Claro, nunca estaban en casa, por lo cual no se puede decir, técnicamente hablando, que mis padres dejaran de atendernos, sino que fuimos olvidados. Incluso recuerdo haber sentido cierta afinidad hacia Albert, pero duró poco, porque se lo llevaron.

–¿Fuera?

–Con ellos. Verá, cuando tenía unos cuatro años, se convirtió en el bufón de la corte. Ésa siempre ha sido la opinión que me merece mi hermano. Se marchó a cumplir su función de entretener a la gente, y tuvo éxito. Siempre fue muy bueno en eso. Huelga decir que yo nunca gocé de esas cualidades, era un chico demasiado serio y reservado. No recuerdo que me riera ni una sola vez en toda mi infancia.

»Descubrieron la utilidad del talento de Albert durante una de sus escasas visitas. Aquel día tenían invitados, y él logró hacer reír a todos y cada uno de ellos. Era un chico muy divertido. Mis padres reconocieron de inmediato su valor para la vida social y lo productivo que les resultaba pasar el tiempo con él, así que, como no podía ser de otro modo, decidieron llevárselo de viaje con ellos.

–Y a usted no –concluyó Larissa con un tono monocorde, como si afirmase lo evidente.

–No, por supuesto que no. Yo sólo era su heredero y necesitaba instruirme, algo increíblemente aburrido. Un buen día, cuando Albert tenía edad para comenzar su educación, lo trajeron de vuelta. A partir de entonces las visitas fueron mucho más frecuentes, a veces se quedaban meses enteros. Sentían nostalgia de mi hermano, era evidente. Cuando no había escuela se lo llevaban con ellos...

–De vacaciones –aventuró, completando la frase–. Vacaciones, como la Navidad, por ejemplo.

–Exacto.

Larissa tuvo ganas de llorar por él. Lo había dicho todo como si fuese la noticia de un suceso ajeno a él. Cuánto debía haber aborrecido a su hermano menor, siempre recibiendo mimos, recibiéndolos todos. «Ningún sentimiento me une a ese lugar», había dicho. Sí, eso es lo que debía sentir, el sentimiento de vacío de alguien criado sin cariño.

Lloró en silencio, no pudo evitarlo, pero logró dominar los sollozos y secarse las lágrimas antes de que el barón supiese de su llanto, aunque cabía la posibilidad de que simulase no saberlo. No quería que tuviese que ofrecerle su hombro de nuevo, no quería consolarse con él. Gracias a Dios, él nunca sabría que era el causante de su llanto. ¿Cómo podría saberlo, si apenas se conocían? Seguro que si la veía llorar, creería que estaba pensando en su padre.

Malditas emociones; últimamente la estaban haciendo llorar como una Magdalena. Pero es que realmente sentía lástima por lord Everett, por la espantosa infancia que había vivido, en el seno de una familia tan fría y falta de afecto.

«Odia a su hermano, si es que está vivo... Dijo que su contacto fue breve. Estaba solo, no tenía a nadie que se preocupase de su afecto.»

–Bien, ya sabe por qué jamás he celebrado la Navidad –espetó a modo de final.

Lo sabía, sin duda, y lo sentía tanto que casi rompió a llorar otra vez. Decididamente, debería comenzar a fortalecer su estado emocional; y lo haría tan pronto supiese cómo ser dura e indiferente hacia el resto de la gente, como hacía el barón. Tampoco su preocupación más inmediata estaba resuelta, y decidió mencionarla.

–Mi hermano se ha criado en un ambiente más... tradicional.

–¿Está insinuando que se celebre la Navidad... en esta casa? –preguntó enarcando una ceja.

–Así es. Siempre y cuando estuviésemos aquí para entonces.

–¿Para eso se necesita un árbol?

–Sí –contestó con un suspiro.

–Entonces no se preocupe. No quiero que el chico no pueda recibir lo que espera con tanta ansiedad.

–Gracias, lord Everett. Colocaremos el árbol en su habitación; me parece un lugar más apropiado que el salón.

–No se preocupe. Si van a colocar un árbol, que sea donde usted elija.

–También necesitaremos adornos; concretamente los almacenados en el desván.

–Haré que los bajen.

–Es usted muy amable.

–No, mi querida Larissa –dijo estallando en carcajadas–. Creo que se me puede llamar cualquier cosa, pero amable no sería una de ellas.

11

Vincent supo que Larissa había dejado la casa cuando ya se había ido. Fue a buscar al chico; allí estaba, así como todo el equipaje. No había razón para preocuparse. Obviamente, pensaba volver. Todavía se sentía enojado; estaba así desde por la mañana, cuando tomó la decisión de avanzar con la seducción de Larissa.

El día anterior había realizado notables progresos, demasiado importantes para no tomar cierta ventaja, antes de que fueran superfluos. En el estudio, la joven había revelado cuán vulnerable era al demostrar que la larga ausencia de su padre era algo más que una simple preocupación. Tal debilidad hizo que se derrumbara y buscase consuelo... y el consuelo puede llegar bajo muchas formas.

Le había ofrecido el más básico de los gestos, y no fue fácil. No le agradó estrecharla entre sus brazos, sentir el temblor de su cuerpo, y dejarla marchar. Parecía como si le gustase abrazarla, una sensación que nunca había experimentado antes.

Las lágrimas que había visto eran reales, no lo dudaba, pero tampoco las consideraba oportunas, al menos de momento, por eso simuló que no las veía. Ella podría dudar sobre el regreso de su padre, pero él no; hasta que no se supiese nada seguro, estaba trabajando a contrarreloj. Debería poseerla lo antes posible, antes de que George Ascot volviese a la ciudad.

Si él pensase de otra manera... bien, quizás hubiese llegado a la conclusión de que no había motivos para llevar la venganza más allá, al menos por su parte. Seduciéndola sólo ofendería al padre en última instancia y, si el padre estaba muerto, ella sería la única herida... esto último sí se le ocurrió, y lo apartó de su mente. Era posible que encontrase un esposo. Era demasiado bonita para permanecer soltera durante mucho tiempo... otro pensamiento que apartó de su mente.

Era penoso que su padre fuese un individuo taimado y despreciable. Y no menos sorprendente era que hubiese podido criar a una dama tan compasiva y sentimental. ¿Era igual el hijo, o era parte de una herencia materna negada al chico? Los informadores le habían dicho que la señora Ascot había muerto durante el parto de Thomas. Sin embargo, Larissa había vivido ocho años bajo la afectuosa influencia de su madre, tiempo suficiente para desarrollar en ella rasgos propios de su género.

La noche anterior ella había mostrado compasión. Él nunca se había detenido a pensar en lo espantosa que había sido su infancia a los ojos de cualquier persona. La había vivido, y la había olvidado. Ni hablando acerca de ello se notaban inflexiones de voz que delatasen dolor o soledad, los había enterrado para poder sobrevivir a ellos. Pero ella los había visto, y había llorado por él.

Lo que le había contado era rigurosamente cierto, pero era una información a grandes rasgos. No admitiría nunca, ni ante nadie, la cantidad de noches que había pasado llorando hasta quedarse dormido, ni la angustia de saber que todo aquello, que sus padres no lo quisieran, era culpa suya, o lo miserable que se sentía al verlos salir a caballo con Albert, dejándolo a él en casa, solo. Tuvo que experimentar, y muy a menudo, la sensación de ser un estorbo que se trataba de evitar para dedicarse a cosas más interesantes. Y nunca disfrutó de un abrazo o un gesto cariñoso, ni siquiera por parte de su madre.

Pero ya lo había superado, no le importaba nada de aquello. Y no le importaba porque, para protegerse, había forjado un corazón carente de sentimientos y duro como una roca. Que Larissa llorase por él, a pesar de todos los motivos que tenía para odiarlo le resultaba asombroso.

Dejó de lado las lágrimas de la muchacha para que ésta no se pusiese a la defensiva, lo cual hubiese arruinado el efecto que producía sobre ella. Debía aprovecharse de aquello, y hacerlo antes de que Larissa recordase por qué no debía tener la menor lástima por él.

Por eso se sintió molesto cuando no pudo encontrarla por la mañana. Pasaron las horas y ella no volvía; entonces comenzó a preocuparse.

No podía haberse ido simplemente a dar un paseo, no hubiese sido tan prolongado. Había salido con un propósito concreto. Y además había marchado sola, sin acompañante ni escolta. Londres no era un lugar apropiado para que una joven solitaria pasease por sus calles, y menos si la joven era tan bonita como Larissa.

Envió a buscarla, pero sus hombres no supieron encontrarla; finalmente decidió salir personalmente en su busca. Preguntó por el antiguo vecindario de la joven; visitó los muelles y la oficina de la compañía de su padre, un lugar casi abandonado al cuidado de un oficinista; incluso buscó en los almacenes donde tenía guardadas las pertenencias de los Ascot a pesar de saber que no la encontraría allí, pues aún no le había facilitado la dirección de los locales, pero quería agotar todas las opciones.

Cuando el barón llegó de nuevo a casa y supo que Larissa no había regresado mientras se encontraba él ausente, advirtió que su sentimiento de preocupación estaba comenzando a írsele de las manos. Fue directamente a la habitación de Thomas, algo que debería haber hecho antes, porque si alguien sabía dónde estaba la muchacha, ése era el chico.

Lo encontró en el lecho, recostado sobre unos almohadones, leyendo un grueso libro sobre mitología clásica. No creía que el niño hubiese elegido leer algo así, aunque no dejó de observar que no había nadie en la habitación para vigilar que leyese. Al parecer, Thomas se tomaba sus estudios muy en serio. O quizá fuese que era tan inteligente que experimentaba verdadera ansia de conocimientos, cualesquiera que fuesen.

Ésos eran pensamientos vagos que le venían de vez en cuando a la mente, y que no duraban más de unos breves momentos, mientras trataba de concentrarse en su particular ansia de conocimiento: Larissa Ascot.

–¿Dónde está tu hermana? –preguntó. Debería haberse presentado primero y, al ver la mirada perpleja del niño, trató de enmendar su error–. Yo soy...

–No es necesario que se presente, sé muy bien quién es usted, lord Everett –lo interrumpió sin cambiar un ápice su expresión–. Me pregunto qué quiere de mi hermana para que se haya presentado preguntando por ella con tanta impaciencia.

–No es que me sienta impaciente.

Thomas dejó el libro a un lado y cruzó los brazos de un modo que parecía indicar que estaba esperando a oír una respuesta adecuada. Su mirada, directa a los ojos, era tan desconcertante como sus gestos. Por un instante, Vincent tuvo la sensación de hallarse ante al abuelo de Larissa, no frente a un niño de diez años.

–Mientras ambos os alojéis en mi casa –explicó con un tono de cordialidad algo forzada–, viviréis bajo mi protección, lo cual es mi responsabilidad para con mis huéspedes. Por lo tanto, no puedo garantizar su seguridad si sale a pasear sola.

–¿Y mi hermana sabe que usted ha tomado esa responsabilidad?

–Supongo que...

–No ha de suponer nada en lo que concierne a mi hermana –volvió a interrumpir el chico.

–Sin mencionar –continuó el barón– que nadie sabe de ella desde esta mañana temprano. ¿Es normal que salga de casa sin acompañante?

–La verdad es que no. En realidad, apenas salía a pasear, ha estado casi recluida en casa desde que llegamos a Londres. Y antes no era así, al menos en Portsmouth. Creo que esta ciudad la asusta.

–¿Y cómo se le ocurre entonces salir de casa sola? –La pregunta apenas provocó un leve encogimiento de hombros en Thomas, haciendo que el barón preguntase directamente–: ¿No sabes adónde ha ido tu hermana?

–No. Quizás a recoger nuestros adornos para el árbol de Navidad; me temo que no he parado de molestarla con ese asunto...

–No, ya le había avisado de que los tenía almacenados –interrumpió impaciente.

–Entonces, puede que haya ido a la oficina de la compañía.

–Tampoco. El encargado me dijo que no la había visto –replicó.

–¿Entonces, ya ha salido a buscarla? –preguntó.

La pregunta fue formulada levantando una ceja, un gesto que le hacía parecer mucho mayor de los diez años que tenía. El niño había señalado lo que implicaba todo aquello tras analizar la información recibida; sus conclusiones, sin duda, eran erróneas. Eran un sinsentido.

–¿He mencionado la palabra responsabilidad? –inquirió casi con un gruñido–. Creo que sí. Y por supuesto que creo necesario salir a buscarla, sobre todo cuando ha pasado fuera más de la mitad de todo el maldito día.

–¿Se da cuenta de lo intranquilo que parece, lord Everett? ¿Siempre se toma tan en serio todas sus responsabilidades, o es sólo con mi hermana?

Vincent suspiró y salió del dormitorio. No estaba acostumbrado a tratar con niños, y menos con adultos bajitos con apariencia de niño. Estúpido crío, mira que tratar de juzgarlo, a él, y atribuirle sentimientos de cualquier clase.

12

Larissa estaba entrando en la casa en el preciso instante en que Vincent bajaba la escalera de nuevo. Parecía estar muerta de frío y muy cansada. Tenía el pelo revuelto y húmedo por las ventiscas que la habían sorprendido a la intemperie. Estaba infinitamente hermosa, incluso con las mejillas azotadas por el viento frío.

La furia reemplazó enseguida a la preocupación en cuanto comprobó que se encontraba ilesa.

–No vuelva a abandonar la casa sin que la acompañe al menos uno de mis hombres –espetó rabioso al llegar junto a ella–. ¿Es que aún no sabe, aún no se da cuenta de lo que le puede pasar si sale sola por esos sórdidos callejones?

Larissa lo miraba fijamente, sin pestañear. Probablemente estaba demasiado cansada incluso para mudar de expresión.

–No son mis hombres, no les puedo ordenar nada –acertó a decir después de un momento.

–¡Pues considérelos a su servicio a partir de ahora y recurra a ellos...! –gruñó, pero sólo para ser interrumpido.

–No podía hacer otra cosa, no tenía elección... tenía que salir, y salí.

–No tenía que salir a nada –dijo rechinando los dientes–. La única cosa sensata que puede hacerse en un día como hoy es quedarse en casa.

–Se equivoca –replicó–. Si hubiese permanecido aquí, no habría encontrado un joyero dispuesto a pagarme una más que razonable cantidad de dinero por mis perlas; ni tampoco una casa de subastas interesada en poner a puja pinturas y otras obras de arte que poseo.

A Vincent casi le dio un ataque de pánico. Ya le había asegurado que no debía preocuparse por vender nada. Eso debería haber bastado para disuadirla de salir con un clima tan espantoso y poner en peligro su seguridad. Tampoco quería asustarla o que se metiese en asuntos que no entendía.

Larissa era un ser inocente. Ignoraba que los fortísimos sentimientos que experimentaba tenían un origen sexual y, por otro lado, eran perfectamente normales. Cosas que él no le podía explicar y que tenían la virtud de preocuparlo aún más.

Tampoco había necesidad de inquietarse en exceso, pues ya había planeado cómo hacerla creer que sus bienes habían sido robados o que no podía servirse de ellos para conseguir dinero. Mentirle, aunque no le agradó hacerlo, tampoco resultó un problema para su conciencia. Para él, era lícito utilizar cualquier medio para retenerla bajo su techo, con tal de que estuviese casi cerrada bajo llave.

–Creo recordar que le garanticé cobijo hasta que su padre regresara.

–¿Y si no vuelve? –preguntó con voz trémula–. No, lord Everett. No podemos continuar aceptando su caridad, porque eso es lo que es. Requirió que le diésemos una dirección donde localizarnos, por eso estamos aquí. Pero le aseguro que antes de marchar le proporcionaré la dirección de nuestro nuevo domicilio. Solamente tengo que encontrar el sitio, y eso es lo que estoy haciendo.

–Eso no tiene sentido –rebatió–. Podrían quedarse, al menos, hasta la fiesta de Año Nuevo. Probablemente su padre todavía se retrase algunas semanas. ¿O pretende estropear las fiestas navideñas del pequeño Thomas y poner en peligro su recuperación cuando no tiene necesidad alguna de ello? ¿No habíamos acordado que tendrían un hermoso árbol de Navidad?

Larissa se mordió el labio inferior, reflexionando con aire preocupado. El gesto suponía un inconveniente para Vincent, pues ahora se encontraba con la necesidad urgente de mordisquearlos él mismo. Con los labios tan bonitos que tenía aquella criatura, ¿sería consciente del efecto que le causaba verla hacer aquel sencillo mohín?

–Está bien, supongo que unas semanas más...

Vincent presintió que debía acelerar la realización de sus planes. Ese mismo día debía dar un paso y acercarse al inevitable desenlace. En realidad, no veía razón alguna para esperar más tiempo. Una vez que durmieran en el mismo lecho, no le hablaría nunca de trasladarse a ninguna parte, lo cual era un factor decisivo para él. Y cuanto antes lo hiciese, más tiempo tendría para gozar de ella antes de que su padre regresase para llevársela con él.

Nunca se habría imaginado que se pudiera sumir tan profundamente en sus tramas, pero lo hizo. Tampoco debería llevarla directamente al piso de arriba, donde estaban expuestos a las indiscretas miradas de un buen número de criados a esas tempranas horas de la tarde, pero aun así lo quería hacer. Tenía pensado rogarle que esta noche le dejase la puerta abierta, así la decisión sería únicamente suya. Quería que estuviese tan inflamada de deseo que en modo alguno pudiese negarse. Y, por supuesto, ni se le había pasado por la cabeza la posibilidad de deslumbrarla con un beso y hacerla suya en ese mismo momento, como de hecho hizo.

Fue un beso conmovedor, muy ardiente para no ser auténtico. Ambos sintieron sus cuerpos arder de pasión al instante, apretándose uno contra el otro, con todos sus sentidos plenos de placer sensual. La tomó en brazos y la llevó escaleras arriba; Larissa parecía demasiado aturdida para valerse por sí misma. Cuando el barón alcanzó la habitación de la damisela, ésta todavía estaba en sus brazos. Desafortunadamente, no disponía de mucho tiempo y, además, una furiosa mirada de su ama de llaves mientras se dirigía a la alcoba mermó el ímpetu de su conducta.

No era así como había planeado poseerla. Eso no lo descargaría de culpa; su estrategia requería que estuviese sola y tuviese la oportunidad de pensar. Tendría que elegir entre aceptar su ruina o disfrutar de unos instantes de inmenso placer.

Tuvo que obligarse a sí mismo a dejarla de pie en el suelo, en el centro de la habitación. La besó de nuevo, pero esta vez con mucha más ternura. Después esperó a que Larissa lograra recuperar de nuevo la claridad de visión.

–Estás agotada –le dijo, tomándole el rostro con las manos–. Sería mejor que descansases, que durmieses algo antes de cenar. Puede que no cene contigo, temo que no sería capaz de comer, teniendo constantemente que mantener mis manos alejadas de ti. Te veré más tarde, aquí mismo, pero para ello tendrías que dejar la puerta abierta. Sigue los consejos de tu corazón, Larissa. Te prometo un placer mayor del que jamás hayas imaginado.

Le parecía increíble haber podido irse dejándola sola allí. Si conseguía no pensar que era un perfecto imbécil por desperdiciar la ocasión, podría sentirse orgulloso de sí mismo.

Se aseguró de que el ama de llaves lo viese bajar las escaleras.

13

Larissa durmió una pequeña siesta aquella tarde. El sueño reparador hizo que se sintiese más fresca, pero no la ayudó a sentirse menos confusa respecto a su último encuentro con el barón.

No sabía exactamente qué había ocurrido entre ellos, o qué había insinuado él que haría. Las palabras que le había dirigido en cuanto entró en la casa habían sonado como las de un padre, o un marido, incluso le había recriminado lo que consideraba un comportamiento temerario. No sabía qué pensar, pues el barón no era ni su padre ni mucho menos su esposo; la única explicación que se le ocurría era que Vincent Everett realmente estaba preocupado por ella. Desde el principio, desde el instante en que lo conoció, se había preocupado por ella.

Y ese beso maravilloso. Ella aún tenía frío, allí, de pie junto a la entrada, y él la reconfortó completamente. Todavía temblaba un poco después de la experiencia, pero lo cierto es que había temblado mucho más tras recibir el beso.

Nunca había vivido nada que se pareciese a esa sensación, ni siquiera remotamente. Había abandonado Portsmouth sin haber sentido nunca curiosidad por ningún joven; en consecuencia, nadie la había besado. Y su primer año en Londres lo había pasado enfurruñada, sin salir, sin acudir a ningún acto social, actos a los que tampoco se presentó durante los dos últimos años; tan sólo se había relacionado con los socios de su padre cuando éstos lo visitaban para ultimar detalles de algún negocio.

Nunca se había detenido a pensar en su nula experiencia para tratar con hombres a los que podría atraer, por no hablar de los que la atraían a ella irresistiblemente, como el barón, por ejemplo. Se le había prometido que ya tendría tiempo para buscar marido, y ella estaba perfectamente tranquila esperando a que llegase el momento.

La verdad es que estaba muy a gusto en su casa y no tenía la menor intención de dejar un hogar donde todavía se la necesitaba. Pero su padre, así como su hermano, esperaban que contrajera matrimonio en breve, ahora que estaba en edad de merecer. El matrimonio era una idea a la que había aprendido a resignarse, a veces había experimentado cierto anhelo por ello, pero entonces comenzaron los problemas y comenzó a resignarse a no tener ni tan siquiera una oportunidad.

Pero él la cuidaba.

No le resultaba sencillo alcanzar a comprender cabalmente las implicaciones de los últimos acontecimientos, aparte del miedo que le producían, claro. No era ninguna ingenua respecto a lo que él le había querido decir con lo de las manos durante la cena, ni tampoco respecto a lo que ocurriría si no cerraba la puerta con cerrojo aquella noche.

Su padre la había sorprendido estando a solas con un joven; eso había sido un año antes de mudarse a Londres. No estaba ocurriendo nada de lo que su padre había creído entonces; el muchacho era amigo de uno de sus mejores amigos y estaba allí para compartir con ella alguno de sus problemas románticos, que tenían como protagonista femenina a una de sus amigas.

Pero su padre había supuesto que debía advertir a su hija acerca de las oscuras intenciones de los hombres. Había sido un asunto bastante embarazoso para ambos, pero la conversación había resultado bastante esclarecedora acerca de temas que hasta entonces ella sólo podía intuir.

El barón cuidaba de ella y, además, la deseaba. Sus comentarios lo indicaban así, lo cual hubiera sido algo increíble para ella tan sólo unos días antes; de ahí su total confusión. Simplemente, nunca había pensado que estuviera interesado en ella de ese modo, su conducta hacia ella nunca había mostrado algo así. Por tanto, la pasión que había visto brillar en sus ojos no podía ser auténtica, sin embargo lo parecía. No le cabía duda alguna de que lo era. Y ese deseo había existido, había estado allí desde el principio.

¿Podría casarse con él, a pesar de las desgracias que había causado a los suyos? Era el responsable directo de la pérdida del hogar familiar, pero para él no era un asunto personal, sino por una simple transacción en el mundo de los negocios y, por supuesto, el barón estaba dispuesto a enmendar su error, cosa que, en cierto modo, ya estaba haciendo al ofrecerles la hospitalidad de su propio hogar.

Sí, podría casarse con él, aunque sólo pensarlo la ponía muy nerviosa. Y eso era lo que él tenía en mente. Ella pertenecía a una buena familia, después de todo. El barón no le habría propuesto hacerle el amor si no pensase en contraer un compromiso serio de matrimonio. Probablemente, el pobre se veía tan desbordado por sus sentimientos que se le habría olvidado pedirle que se casase con él.

Podía entenderlo. Le daba vueltas a las últimas palabras de lord Everett, «un placer mayor del que jamás hayas imaginado», había dicho. No osaba pensar a fondo en ello, o de lo contrario se sumiría en la ansiedad, aunque ya estaba bastante cerca de sentirse ansiosa. En tal estado de nerviosismo, comenzó a contar los minutos que le quedaban para retirarse aquella noche.

Estuvo a punto de no bajar a cenar. Vincent le había dicho que lo más probable era que no estuviese, pero Larissa sabía que si, por la razón que fuese, la acompañaba durante la cena, no sería capaz de probar bocado. Finalmente, decidió bajar al comedor y disfrutó de una cena solitaria. No solitaria del todo, pues un caballero entró en la sala esperando, obviamente, encontrar al barón. Su sorpresa fue patente cuando vio a Larissa.

–Oh, oh... ¿Estaba esperándome? –preguntó a guisa de saludo.

El hombre parecía encantado con la posibilidad de haber acertado con su suposición, no importaba lo que significase. La joven no sabía qué le estaba preguntando.

–Lo siento, me temo que no comprendo –contestó.

–Ya sabe, una concesión para acallar mi conciencia mientras Vincent encuentra lo que le he encargado.

Aquella explicación no aclaraba nada.

–No sé de qué me está hablando.

–Ruego que me disculpe, señorita –dijo, sonrojándose tras haber reconocido su error–. Le pido mil perdones. Soy lord Hale. La verdad, no me esperaba encontrar una dama en esta mansión de soltero, y menos que estuviese sola... ¿o no lo está? ¿Está con su padre, o debería decir marido?

–Espero a mi padre –contestó, sabiendo ahora qué terreno pisaba.

–Ah, entonces Vincent es un socio de su padre –concluyó.

–No, simplemente nos ha ofrecido su techo... nos desahució de nuestro hogar.

Inmediatamente supo que no debería haber mencionado esto último. Asuntos como por qué estaba allí, o lo que hacía, no eran incumbencia de un desconocido. En consecuencia, se puso roja como la grana de vergüenza, por haber hablado más de lo que exigía la cortesía.

–¿Cómo demonios...? –El caballero estaba realmente sorprendido–. Así que le echó de su casa, y por eso está aquí...

–Bueno, no, en realidad no tiene que ver con eso. Nos ha asegurado un lugar de residencia provisional, hasta que pueda vivir con mi padre en cuanto regrese. Se han de aclarar algunos malentendidos.

–¿Entonces... su padre no está aquí? ¿Me está diciendo que se encuentra sola?

–En absoluto. Mi hermano también está alojado aquí, así como algunos de mis antiguos sirvientes –replicó.

–Bueno... –Parecía algo desilusionado por la última información–. Todo se solucionará. Creo que podré superarlo.

De nuevo decía cosas sin sentido, pero a la muchacha no le importaba, aquel hombre tenía un aspecto inofensivo. Debía rondar la edad del barón, aunque no era tan alto y atlético. Poseía unos ojos de color azul claro y una mata de pelo oscuro, rebelde y rizado que le conferían un aspecto desaliñado. Podría considerarse guapo, siempre que no se comparase con el barón, pues éste era extremadamente atractivo.

Como no parecía tener intención de marcharse, sino que permanecía en pie junto a las jambas de la puerta, suspirando mientras la miraba fijamente, Larissa creyó necesario preguntar:

–¿Tiene una cita con el barón?

–No, en realidad no. Simplemente me acerqué a comprobar la buena marcha de nuestros asuntos; lo hago semanalmente, siempre el mismo día. Me extraña que no me esté esperando. Lo cierto es que estoy impaciente por conocer algo que dice que ha encontrado para mí.

–¿Y qué es? –preguntó. Sospechaba que podría ser el caballero que había puesto tanto empeño en conseguir su casa, que Vincent había logrado comprarla para él, sin contar con ellos, los Ascot. Entonces se dio cuenta de su atrevimiento y se sonrojó–: Lo siento, mi pregunta ha sido muy presuntuosa e indiscreta.

–No, no se preocupe. Se trata de una pintura, de un cuadro que he de conseguir como sea. No importa el precio. Ya, ya sé que es un error mostrar semejante empeño por algo, pero así son las cosas. Soy el primero en admitir que soy un tanto excéntrico. Me he quedado sin cosas en las que gastar el dinero; el estado de los negocios es tan ruinoso como aburrido.

Larissa sonrió. No se imaginaba a nadie que fuese lo bastante rico como para aburrirse de serlo. Mientras no fuese el que codiciaba su hogar, no tenía nada contra él; en cualquier caso, le agradecía la conversación, pues así podría apartar los pensamientos que la acosaban. Pensamientos acerca de la noche que se avecinaba.

–Seguro que le apetece cenar algo –ofreció–. No creo que el barón llegue a tiempo para compartir mantel, no creo que esté en casa en este momento.

–Oh, sí está. De otro modo, el mayordomo jamás me hubiese tenido aquí esperando. Pero creo que voy a tener que buscarlo yo mismo –dijo emitiendo un suspiro–. La veré pronto, señorita. Todo depende de... bueno, creo que me pasaré diariamente por aquí en busca de información. Sí, eso es lo que haré.

14

–Bien, ¿cuánto me va a costar ésa?

Vincent tardó un momento en averiguar que Jonathan Hale no estaba hablando de la pintura que le había encargado encontrar, un cuadro al que siempre se referían en femenino a causa de su título: *La ninfa*. Pero sólo fue eso, un instante, porque Vincent también estaba pensando en algo de género femenino que no tenía nada que ver con la pintura cuando Jonathan entró en el estudio.

–¿De quién me está hablando? –inquirió, aunque sabía de sobra a quién se refería.

–De la damisela que tiene abandonada en el comedor, cenando sola.

–Ésa no está en venta –respondió poniéndose tenso.

–Eso no tiene sentido, amigo mío. Todo el mundo tiene un precio.

Aquélla no era una aseveración hecha a la ligera, realmente lo creía. Vincent conocía a Jonathan, Jon, desde mucho antes de que acudiese a él para encargarle la consecución de *La ninfa*. Era de dominio público, entre las esferas de la alta sociedad londinense, que Hale era absurdamente rico y que gracias a ello, siempre conseguía cualquier cosa que se le antojase.

Estaba acostumbrado a escuchar un precio, pagarlo y llevarse lo que quería. Que hubiese algo que no se pudiese comprar con dinero era una posibilidad que le traía sin cuidado, pues nunca se había encontrado en tal situación. Por eso había pagado una absurda cantidad de dinero sólo para que localizase al dueño de la pintura. Una vez conocida la identidad del propietario, Jonathan negociaría directamente con él.

Era uno de los encargos más difíciles que Vincent había aceptado. Él estaba más acostumbrado al trueque, al toma y daca consistente en saber qué se necesita para obtener algo y conseguirlo. Pero lo que estaba haciendo por Jonathan Hale era simplemente perseguir un rumor.

Se confirmó la existencia de una pintura llamada así, *La ninfa*, pero no su mala reputación. Era el retrato de una joven y hermosa mujer representada de un modo tan erótico que, se decía, tenía un poder afrodisíaco sobre aquel que la contemplase. Se afirmaba que había sumido a uno de sus propietarios, un conde de setenta años cumplidos, en un estado de constante excitación sexual. El cuadro había sido causa de rupturas matrimoniales, de la locura de un hombre y de la ruina total de otro.

Una vez conocidas las habladurías, Jonathan decidió que él, y no otro, debía ser el dueño de la legendaria pintura. No le importaba si eran ciertas o no las habladurías que circulaban sobre ella; simplemente la quería por su pésima reputación.

Algunos decían que la pintura había sido un encargo de uno de los reyes de nombre Enrique; el monarca había ordenado que se retratase a su cortesana favorita. Desgraciadamente había muchos reyes con ese nombre, y nunca se podría averiguar quién de ellos había sido. Otros decían que era la venganza de un pintor que amaba a la muchacha, porque ésta siempre había rechazado sus proposiciones. Muchas de las personas que habían oído hablar de la pintura no creían en su existencia. Lo tomaban como una broma, una patraña de las que surgen en las cenas de sociedad.

Vincent también se hubiera inclinado por esta última opción, la no existencia del cuadro, si durante su investigación no hubiese obtenido valiosas pruebas acerca del último dueño conocido de la famosa pintura. Había sido un jugador llamado Peter Markson, que la había ganado jugando a las cartas unos años atrás. La única apuesta realmente buena de su vida, pues no era un profesional reconocido y además había tenido que abandonar el país acorralado por sus prestamistas. El jugador había usado la pintura para pagar el pasaje en un barco, enfermó en alta mar y murió.

El capitán del buque, cuyo nombre no había podido ser confirmado, había sido el siguiente propietario. De todos modos, el capitán no lo había mantenido mucho tiempo en posesión pues el día que se presentó en casa con el cuadro, su mujer amenazó con abandonar el hogar si no desaparecía aquella pintura y el marino acabó vendiéndosela a su armador.

Ésa era la información recogida en los muelles, la cual, como todos los chismes procedentes de un lugar así, no era muy de fiar. Por supuesto que hablar acerca de lo erótico de la pintura era un bonito pasatiempo para los hombres de la mar. Demasiado bueno, pues tanto el nombre del barco como el del capitán y el armador variaban en cada una de las fuentes consultadas y todos y cada uno de los lobos de mar que les apetecía hablar de la historia aseguraban que ésta sucedió en un barco de los muchos en los que habían navegado o a un capitán que conocían.

Eso era lo más cerca que Vincent había estado del cuadro llamado *La ninfa*. Peter Markson había abandonado el país tras haber perdido todas sus pertenencias en un lance de naipes, ése era el único dato totalmente fiable del que disponía el barón.

Respecto al súbito interés de Jonathan por Larissa, le parecía una cuestión comprensible. Su amigo, por así decirlo, estaba experimentando la misma sensación que él, la primera vez que se había entrevistado con la joven: el deseo de poseerla a cualquier precio. La diferencia estribaba en que no tomaba en serio a Jonathan, pues sabía sus preferencias acerca de las mujeres.

–Me temo que su precio sería el matrimonio –contestó simulando una apesadumbrada mirada cargada de reflexión.

Pensaba que así mantendría a su interlocutor alejado de ella, pues era un solterón impenitente al que no le gustaban los escarceos con criaturas inocentes, pues conocía a multitud de damas experimentadas más que deseosas de entretenerlo a cambio de un par de regalitos. Y, por otro lado, el precio no le pareció adecuado.

–Vaya, no había pensado en casarme –dijo con afectación–. ¿Por qué habría de hacerlo, si tengo todas las mujeres que pueda desear y no necesito herederos? Sólo con mis bastardos podría llenar varios carruajes. El matrimonio nunca me ha parecido lo suficientemente divertido como para hacerlo... pero supongo que no me hará ningún mal intentarlo.

–No habla en serio –dijo Vincent muy reservado.

–¿Por qué no?

–Por las razones que usted mismo acaba de señalar. Está acostumbrado a disfrutar de la variedad, y con una esposa no ha lugar a la variedad.

–Para eso están las amantes.

–¿Para qué casarse, entonces?

–Para conseguirla.

–Y si la consigue, ¿por qué complicarse con amantes?

–Por la variedad –respondió frunciendo el ceño–. ¿Puedo saber por qué está tratando de disuadirme?

–Porque simplemente desea poseerla. Usted no tiene la menor intención de dedicarse plenamente a ella. Ahora que he tenido la oportunidad de conocerla, puesto que disfruta de mi hospitalidad, creo que merece algo mejor que lo que le ofrece usted en lo que a matrimonio se refiere.

–O quizás es que usted está considerando la posibilidad de casarse con ella –señaló Jonathan con tono acusador.

–No.

Jonathan enarcó una ceja con escepticismo.

–Entonces no tiene nada que objetar a mis intenciones –añadió tras meditar un instante–. Incluso le esclareceré mi punto de vista, ya que insiste. No pretendo abandonar mi estilo de vida, sino que voy a añadirla a él. Todo en buena ley, de verdad. Suena como un reto, ¿me equivoco?

–¿Cree que podrá conquistarla por medio de sus bienes?

–Por supuesto –contestó sonriente.

Vincent sintió la, para él, asombrosa necesidad de borrar la sonrisa del vizconde de un puñetazo. Las emociones de nuevo. Éstas parecían intervenir demasiado a menudo en las percepciones del barón. Por ejemplo, el arrebato emocional de esa mañana en el recibidor, cuando Larissa regresó de su misterioso deambular por la ciudad; entonces se había sentido realmente conmovido, sólo que no lo supo hasta más tarde, cuando reflexionó acerca de ello.

Debería haberle hecho el amor aquella tarde. Ella lo estaba deseando o, por lo menos, no habría puesto objeciones. La conversación con Hale no lo hubiese molestado tanto, o nada, de haber consumado su plan. ¿Qué le importaría entonces si Jonathan la cortejaba o incluso se casaba con ella?

Aun así, la perspectiva de dicha posibilidad no le sentaba nada bien. Antes o después no representaba diferencia alguna; lo que en realidad le molestaba era pensar en que Larissa, al contraer matrimonio con el vizconde, pasase a ser una pieza más de su extensa colección. Y ella se encontraba en un estado bastante vulnerable al pensar que su padre quizá no regresase, que tanto ella como su hermano se hallasen de pronto sin ingresos y más sabiendo que los escasos bienes que poseía no podrían mantenerlos durante mucho tiempo. No era descabellado suponer que la joven bien pudiese aprovechar la oportunidad de casarse con uno de los hombres más acaudalados del país, sin importar las condiciones que se viera obligada a aceptar. Vincent había intentado usar esa misma debilidad para tratar de llevarla a la cama.

Todo este maldito asunto de venganzas estaba convirtiendo al barón en un personaje que no le agradaba en absoluto. Estaba haciendo de él un bellaco, un canalla. Al menos las intenciones de Hale respecto a su invitada eran honorables, aunque no demasiado limpias, mientras que las suyas eran todo lo contrario.

–Cortéjela cuanto le plazca, y buena suerte –dijo en un momento de sinceridad.

En el momento de pronunciar esas palabras, pensaba únicamente en los intereses inmediatos de Larissa. Hasta tal punto pensaba en ella, que esperaba que la muchacha tuviese tiempo para reflexionar acerca del terrible y estúpido error que cometería si dejaba la puerta abierta aquella noche porque con conciencia o sin ella, tenía la completa certeza de no poder resistir semejante tentación por mucho que se esforzase en ello.

15

Lord Hale lo entretuvo más tiempo del previsto charlando de temas absolutamente banales, por lo que Vincent a punto estuvo de mostrarle groseramente cuál era la salida. Pero se contuvo, eso sí, a duras penas, y lo hizo porque Hale era su cliente. Pero cuando el barón se dirigió a sus aposentos, estaba sumido en un estado de frustrante impaciencia que apenas pudo mantener bajo control.

Despidió a su ayuda de cámara, se quitó la ropa, se puso un albornoz y no hizo nada. Nada excepto quedarse en pie, en el centro del dormitorio mirando fijamente la puerta del cuarto de baño pero sin dar un solo paso hacia ella.

La puerta estaba cerrada; lo sabía y no pensaba tratar de averiguarlo acercándose a probar, porque entonces pasaría el resto de la noche probando una y otra vez con la vana esperanza de que ella se hubiese levantado a abrirla y además tenía una certeza: si la puerta no estaba abierta, no lo estaría nunca. Fuera como fuese, le esperaba una noche muy larga.

De la primera a la última de sus fibras luchaban por vencer el miedo y abrir la puerta, pero su voluntad se resistía a encarar la decepción o, mejor dicho, el miedo que supondría encontrarla cerrada con llave. De nuevo ella le hacía experimentar emociones...

¿Cómo diablos había llegado a ser tan importante para él? Ella no debería ser más que otra atractiva conquista, una o dos horas de placer a lo sumo, y nada más. Una muesca en su venganza, eso era, a pesar de que el desquite no parecía importarle demasiado, sólo una simple concesión a su conciencia.

No le gustaba el control que la dulce joven ejercía sobre él. El seductor había sido seducido. La deseaba a cualquier precio, y eso lo aterraba. Debería dejarla en paz, debería sacarla de su casa, incluso permitirle que regresase a su antigua morada y que se las apañase como pudiera si fuese necesario, cualquier cosa antes que continuar bajo su influjo. Estando en su casa, tan próxima a él, poseía más control sobre el barón que él sobre ella. Esa mañana había tenido una prueba palpable de ello, de cómo la muchacha era capaz de dominar sus pensamientos, sus emociones y su cuerpo a su antojo. Gracias a Dios era demasiado inocente para darse cuenta y sacar provecho de ello.

Larissa estuvo de pie en el cuarto de baño durante casi una hora sin apartar la vista del pestillo de la puerta que daba a la alcoba del barón. No pensaba abrirlo. Al final el sentido común había prevalecido a costa de hacerla sentirse como una miserable. Sí, se casaría con Vincent, pero primero debía conocer las intenciones de éste. Así es como tenía entendido que era el modo correcto de tratar esos asuntos.

Pero la promesa de «un placer mayor del que jamás hubiese imaginado» no dejaba de planear sobre sus pensamientos; por eso estaba allí, de pie, reflexionando acerca de lo cobarde de su actitud, sin darse cuenta de que en realidad estaba buscando un modo de evitar aquella difícil situación. Su pulso se aceleraba cada vez que le venía a la mente la figura del barón de pie, esperando ansioso al otro lado de la puerta.

Seguramente él se habría dado cuenta de que haría falta una propuesta matrimonial en condiciones antes de que pudiesen permitirse un placer del tipo que fuere, y más de la clase que Vincent Everett tenía en mente. Podría haberse propuesto pedírselo esta noche; entonces quizás estuviese rechazando ambas propuestas sin una buena razón.

Por lo tanto, abrió el pestillo. Vincent pudo comprobar cuán ansioso estaba, pues tardó apenas unos pocos segundos en abrir la puerta tras escuchar el chasquido del cerrojo. Se miraron el uno al otro. Como si fuesen de oro fundido, los dorados ojos del barón parecían arder, derritiendo los pocos puntos de resistencia que pudiese albergar la candorosa damisela.

El barón se quitó el albornoz con un gesto, dejándolo caer a sus pies. Ella todavía estaba completamente vestida y, ahora, incómoda. Todavía se sentía tan fascinada por sus ojos que no había pensado en mirarlo a él, a todo él; tampoco es que tuviese mucho tiempo para hacerlo, pues la atrajo hacia sí cogiéndola por la nuca.

Sus labios se encontraron y se fundieron uno contra otro. Fue un beso voraz, eco del anhelo negado a ambos durante tanto tiempo. Larissa sintió que le fallaban las rodillas, sintió cómo se debilitaba por momentos, pero no había peligro de que cayera al suelo, pues el barón la sujetaba firmemente contra él.

Era una inexperta en este tipo de besos, pero el barón era un amante habilidoso y la guiaba, ayudándola para que su inexperiencia no fuese un obstáculo. Ningún titubeo, ninguna indecisión se interpusieron en el placer que ambos sentían al probarse, y se perdieron en el beso.

Un gemido de ella lo rompió. Larissa apenas fue consciente de ello, cautivada como se sentía. Suavemente, fue llevada hasta el lecho, no al suyo, sino al de él. Tampoco lo notó. Pero no pasaría mucho tiempo antes de que ella notase algo extraordinario.

¿Había pensado que todo el placer vendría simplemente de ser besada por él, por mucho que le gustase? ¿Cómo haber pensado en otra cosa? Para ella, un placer inimaginable no tenía ninguna relación específica con nada, puesto que carecía de referentes a los que acudir, a no ser un puñado de generalidades. Pero lo entendió enseguida, en cuanto sintió la mano del barón sobre su pecho.

En todo su cuerpo se produjeron múltiples reacciones espontáneas tras el mero contacto de la palma de su amante sobre ella. Piel de gallina, mariposas en el estómago, calor húmedo... y eso fue sólo el principio. Continuó besándola y atrapando cada suspiro que salía de ella, y entonces comenzó toda una lección de cómo proporcionar caricias muy sensuales.

Incluso el hecho de quedar despojada de su ropa fue un acto cargado de erotismo. La desnudó con extremada lentitud, tratando con mimo, con sumo cuidado, cada pulgada de piel expuesta a él. Estaba asombrada de que si ella tocaba la cara interna de sus corvas, no sentía nada; en cambio, el rozar de los dedos del barón la hacían estremecerse. Ese poder que parecía irradiar de los dedos de

Vincent al tocarla, esa riqueza, esa variedad de sensaciones la fascinaban.

El barón había conseguido que Larissa fuese plenamente suya, en cuerpo y alma, y que se entregase por completo al placer que le estaba mostrando, hasta tal punto que nunca estuvo segura de cómo se dio cuenta de que había alcanzado un punto de no retorno antes de escuchar por boca de él las palabras que necesitaba oír. No es que tuviese intención, ni que desease detener aquello, pero el placer sería completo si se confirmaba aquello que ella daba por concedido. Las palabras salían de sus labios entre suspiros y no formaban un discurso coherente.

–Creo que... no deberías... Hay una cuestión que...

La respuesta del barón parecía señalar que conocía el propósito de las palabras de su invitada.

–No es momento de plantear asuntos tan importantes que supongan trabas.

Con un comentario tan engañoso como tranquilizador, la muchacha lo asumió como una propuesta matrimonial por parte de él. Y asintió tras sus embarulladas palabras, pues era incapaz de enlazar dos pensamientos seguidos. Además, no tuvo oportunidad de añadir nada más. Su anfitrión volvía a distraerla con apasionados besos.

Comenzó a cubrirla con su poderoso cuerpo, despacio, gradualmente para no alarmarla. Larissa se sentía en otro lugar, reconfortada bajo su peso, la presión del hombre aumentaba su excitación. La tomó de las manos, sujetándolas a ambos lados de la cabeza. La besó profundamente al tiempo que la poseía. El dolor fue breve, apenas lo sintió cuando ya se había ido; olvidado entre la vorágine de la pura delicia sensual que llegó a continuación; la satisfacción de sentir cómo se hundía más y más profundamente en ella.

Durante un instante, pensó que eso era todo, que no podría existir nada mejor. Qué ingenua. Ni la promesa del placer que había imaginado hacía justicia a aquel intenso gozo que crecía en su interior a medida que su amante se movía en su interior, para terminar en una explosión que se extendió por todo su cuerpo en sucesivas oleadas.

Durante un determinado período de tiempo, no hubo nada más que un total, absoluto, éxtasis de placer. Ya tendrían tiempo después para arreglar la cuestión matrimonial, estaba segura de ello. De momento, se conformaba con saborear el momento, la increíble sensación de sentirse dueña del barón Vincent Everett.

16

La propuesta matrimonial no llegó tras hacer el amor, como había esperado. Nada sorprendente, pues Vincent, en cuanto terminó, se hizo a un lado, estrechó a Larissa entre sus brazos y se quedó profundamente dormido. La muchacha estaba tendida sobre el lecho, saboreando esta nueva experiencia en su totalidad, la felicidad que la embargaba y la sorprendente sensación de bienestar que le proporcionaba el abrazo protector de su amante, demasiado maravillada con los últimos acontecimientos como para despertarlo cuando recapacitó, y descubrió que no se habían solucionado todos los asuntos pendientes para esa noche.

No, no le preocupaba demasiado. Dar las cosas por supuestas, por concedidas de antemano, era una estrategia para superar sus miedos y dejar espacio a los pensamientos positivos. Sabía que no podría pasar el resto de la noche durmiendo con él, por mucho que lo desease; para eso habría de aguardar a que estuviesen casados. Antes de que el sopor y la confortable compañía de Vincent la condujesen al sueño, se levantó cuidadosamente de la cama, recogió sus ropas y enseres, joyas y demás, pues no deseaba dejar evidencia alguna a los indiscretos ojos de la servidumbre, y abandonó el dormitorio casi de puntillas.

No corrió el cerrojo de la puerta que separaba, y que desde esa noche unía, las alcobas, ni siquiera pensó en ello. No había necesidad. Hacer el amor con Vincent había cambiado muchas cosas y no sólo respecto a las expectativas de futuro, que se presentaban más halagüeñas que nunca, sino respecto a sí misma. Larissa parecía haber ganado mayor seguridad con el conocimiento que había recibido esa noche. Finalmente, sumida en agradables pensamientos, se durmió con una sonrisa en los labios.

Vincent se sintió bastante molesto cuando a la mañana siguiente descubrió que Larissa no estaba a su lado. Sabía, por otro lado, que la muchacha no debería estar allí, que había hecho lo correcto yendo a dormir a su aposento. En realidad, con gusto la hubiese llevado al dormitorio si no se hubiese quedado dormido inmediatamente. Aun así, no era capaz de explicar el porqué de su enfado.

Y su mal humor empeoró. Cada pequeño detalle, cada aspecto que trataba tanto con su secretario como con los sirvientes acrecentaban su malestar aquella mañana; se sorprendía a sí mismo dando bruscas contestaciones sin motivo aparente.

Desgraciadamente, a la hora del almuerzo, compartido con Larissa, su ánimo no había experimentado mejoría alguna.

–Mi cocinero amenaza con abandonar su puesto si el tuyo no deja de meter las narices en su fogones –le espetó antes de poder evitarlo. Ni siquiera la muchacha estaba fuera del alcance de su rabia.

No hizo otra cosa sino gritar, y ambos se sintieron mal, muy mal. Sobre todo él, puesto que no era ése el modo con el que pretendía haberla recibido, ni que decir tiene, y tampoco era la manera correcta de hacerlo, y menos después de verla por primera vez desde que la noche anterior le arrebatase la virginidad. No importaba que todos y cada uno de los acontecimientos acaecidos aquella mañana lo condujesen a un estado de frustración, eso era, además, otra excusa.

Sabía que estaba hecho una furia, pero no quería reconocerlo y eso lo irritaba más consigo mismo, pues se consideraba un cobarde por no atreverse a examinar la auténtica raíz de su malestar; en vez de eso, descargaba su indignación con los demás... incluso con ella.

Sentía una inconmensurable sensación de culpa acerca de lo que había hecho la noche pasada. Nunca, jamás en toda su vida, había disfrutado tanto con ninguna otra cosa, a pesar de que en esos aciagos momentos se arrepintiese de ello. Y se arrepentía, porque no tenía la menor intención de casarse con ella, que era precisamente lo que Larissa esperaba que sucediese.

Su causa última, su venganza, no resultaba en modo alguno suficiente para aliviar su conciencia, para encontrar consuelo en el hecho de haberse convertido en su amante, por mucho que hubiese planeado serlo. Lo único que podría ayudarle a procurarse algo de aliento era no permitir que la reputación de la muchacha quedase arruinada para siempre; ya no importaba que fuera ésa su motivación original. Mientras no fuese de dominio público, Larissa podría lograr casarse con un buen partido.

A Vincent no le cabía la menor duda de que, fuera como fuese, Hale estaría dispuesto a casarse con ella. Estaba hechizado por la belleza de su invitada, demasiado como para preocuparse si tenía o no su virginidad intacta. La cuestión era otra: ¿tendría estómago para soportar la idea de imaginarse a otro hombre poseyéndola? El día anterior, después de conocer las intenciones de Jonathan, y eso que sólo fue una insinuación, le dieron ganas de estamparle su puño en la cara.

Larissa no tardó en recobrarse, tras la sorpresa inicial causada por la explosión de cólera de su amante.

–Lo siento. Pero, bueno, verás... esta mañana le dije a Mary que era probable que éste fuese nuestro hogar a partir de ahora –explicó–. Es evidente que decidió acomodarse a sus obligaciones y seguro que percibe la cocina como un segundo hogar.

Vincent se sonrojó. No podía sacarla de su error, al menos de momento. Si no respondía confirmaría a la joven que estaba en lo cierto, pero él no podía hacer otra cosa. Todavía tenía esperanzas de que George Ascot apareciese, aunque ella las hubiera perdido. Cuando el cabeza de familia regresase, entonces llegaría el momento de cumplir su odiosa tarea de venganza, de dar el golpe definitivo a su enemigo y continuar haciendo su vida.

El barón refunfuñó algo acerca de mantener a los criados de ambos bajo control, y de que esperaba que ella lo dejase estar. Larissa aceptó, incluso le dedicó una sonrisa que tuvo el efecto de incomodarlo aún más. Era tan dulce, tan cándida... y él había sido un auténtico bastardo en todo lo que le había hecho... y continuaba siéndolo. Lo menos que podría hacer por ella era hacerla feliz mientras viviese en su hogar y guardar su estúpido mal humor para él.

Rodeó la mesa y se acercó a ella. La hubiera besado de haber estado solos, pero los criados entraban y salían del comedor constantemente.

–Perdóname, siento profundamente mi reprobable comportamiento –susurró inclinándose hacia ella–. Y te agradezco como no te puedes imaginar el maravilloso regalo que me has hecho.

–¿Qué regalo? –preguntó extrañada.

–Tú.

El rubor de la muchacha fue tan intenso que Vincent, que no podía verle el rostro porque se hallaba situado a espaldas de ella, sintió una oleada de calor. Larissa todavía estaba sonrojada cuando el barón tomó asiento frente a ella. La miró fijamente y detectó la marca de una ancha sonrisa, prueba de que no era precisamente el bochorno la causa de su sofoco.

Continuó el almuerzo. Larissa entabló una charla intrascendente con la intención de rellenar el silencio, ningún tema importante, parloteo distendido, durante el que el barón se sorprendió disfrutando. Era una muchacha muy agradable cuando no estaba nerviosa y, de momento, parecía sentirse totalmente relajada.

Entonces mencionó los adornos navideños. El barón ya había ordenado traerlos, era lo único que pudo decirle. La situación se presentaba como una oportunidad ideal para mencionar que el resto de sus bienes habían desaparecido, pero no la aprovechó, ni lo haría hasta que ella preguntase por sus cosas. De todos modos, ahora que creía que se casaría con él y no tenía necesidad de vender nada, el robo de sus pertenencias, el golpe moral de la noticia, habría perdido buena parte de su fuerza. Aun así, sus cosas aparecerían milagrosamente en cuanto su padre regresase; Vincent no tenía intención de quitarles nada a los Ascot, sencillamente se conformaba con quitarles su reputación.

No consideró oportuno darle la noticia del robo. Ya la había seducido, sí, a cambio de ganar una buena preocupación si a ella se le ocurría hablar directamente de matrimonio. Llegado el caso, él no mentiría... lo cual la pondría en el brete de tener que abandonar la casa, decisión que el barón no tenía ningún deseo de que tomara. Cuando su padre volviese podría acabar su relación con ella; de momento, la dejaría pensar que no había razón por la que preocuparse; eso sería muy beneficioso... para él.

–Hablando de adornos navideños, los trajeron esta misma mañana –anunció y, poniendo una apesadumbrada expresión, añadió–: Pero me temo que han llegado malas noticias con ellos.

–¿Acaso no se hallan en buen estado? –inquirió preocupada.

–No, no se trata de eso –se apresuró a explicar–. Parece ser que anoche hubo un robo en el almacén donde estaban acumuladas tus pertenencias. El informe del encargado de la vigilancia señala la posibilidad de un robo selectivo, lo cual no deja de ser un suceso corriente dado el número de hurtos cometidos en los últimos meses.

–¿Me han robado?

–Nos han robado –aclaró–, a los dos. Yo también tenía almacenados algunos objetos de valor. La mayor parte de tus posesiones continúan a buen recaudo. Como ya he dicho, los ladrones han sido muy selectivos; se han llevado los objetos que consideraron más valiosos y fácilmente transportables. Cosas como pinturas, vasijas y piezas de arte. No dejaron transcurrir más de diez minutos entre el allanamiento y la posterior huida con el botín, pues ése fue el tiempo que el vigilante estuvo... indispuesto.

–Tenía varios proyectos con esas pinturas –comentó con un triste suspiro.

Vincent no había contado con la fuerza de su mirada. Ahora sabía exactamente cómo se había sentido su secretario cuando le entregó el aviso de desahucio aquella noche y ella le miró a los ojos. El barón no podía permitirse el lujo de abandonar aquello que había comenzado sin admitir su condición de deleznable mentiroso. Podría, en todo caso, tratar de mitigar el efecto de su farsa.

–No pienso dar este asunto por perdido, Larissa –le aseguró–. Ya he denunciado los hechos a la policía, y no sólo eso, sino que también he asignado a mis propios investigadores la tarea de descubrir a los culpables. Recobraremos todo lo sustraído y, en caso de no recuperar tus bienes para Año Nuevo, yo mismo me haré cargo de todo; te pagaré su valor.

–No... no tienes por qué –replicó–. No es responsabilidad tuya...

–Discrepo –interrumpió él–. Después de todo, era mi almacén, uno de mis locales, y debería haberlo protegido con mayor eficacia. Me temo que no estaba acostumbrado a contarlo entre mis pertenencias y, francamente, no entraba en mis planes conservarlo en propiedad, y tampoco me había preocupado por deshacerme de él.

–¿Por qué lo adquiriste?

Por fin pudo relajarse, la expresión de horror de la muchacha había desaparecido y sólo quedaba curiosidad. Podía tranquilizarla y avanzar en sus propósitos, pues la muchacha no albergaba en ella ni una pizca de susceptibilidad en su bello y menudo cuerpo.

–No lo compré. Entró a formar parte de mis posesiones hace apenas unos meses. Era la única posesión de mi hermano que no sucumbió a la presión de los acreedores tras su muerte.

–Cuánto lo siento.

Maldita sea, ahí estaba de nuevo, otra vez la muchacha derrochaba lástima y comprensión hacia él. Acababa de recibir una devastadora noticia, y aun así había espacio en su corazón para sentir compasión, aun sabiendo que, según las palabras de Vincent, su hermano había fallecido varios meses atrás.

–¿Posees otros bienes muebles, aparte de las joyas? –preguntó cambiando de tema con un ligero encogimiento de hombros.

–Sí, existe una parcela de terreno en Kent que pertenece a mi familia desde siempre; nadie sabe exactamente cuándo pasó a formar parte de nuestro patrimonio. Hay un castillo en ruinas, se cree que perteneció a uno de nuestros ancestros, uno de los primeros Ascot. Pero sólo es un rumor; no hay datos contrastados. Desgraciadamente, se desmoronó en el transcurso de una generación poco interesada en preservar la historia familiar, por eso se ha perdido.

–¿La tierra es de valor?

–Supongo que sí, pero no puedo venderla hasta que se declare oficialmente a mi padre como fallecido. Lo mismo ocurre con la compañía naviera, los barcos, los cargamentos y valores almacenados en los depósitos de la empresa; todavía no puedo disponer de nada de eso. Respecto a sus joyas y demás, me temo que se las llevó consigo cuando se hizo a la mar.

Vincent se envaró. Hablar de barcos en relación a George Ascot le proporcionó un pensamiento cuanto menos inaceptable para él.

Hasta entonces, no se le había ocurrido que la descripción del actual propietario de *La ninfa* concordaba a la perfección con el padre de Larissa. Y ella había hablado de ciertas pinturas que pensaba vender... No, no podría ser así de fácil, no podría tener un golpe de suerte como aquél y acrecentar la fortuna de su familia tan espectacularmente. Pero, sólo para asegurarse de que no se daría tal circunstancia, tras almorzar, visitaría personalmente el almacén y revisaría los cuadros reubicados en un local totalmente seguro situado en la parte posterior del edificio. Esperaba, y confiaba en que así fuese con toda su alma, que allí no se encontrase *La ninfa*.

17

Vincent regresó a casa de mucho mejor humor del que había salido. Durante su visita al almacén, descubrió que los Ascot poseían siete pinturas antiguas de calidad, dos de ellas pertenecientes a autores de reconocido prestigio, pero ninguna de ellas era *La ninfa*, el legendario cuadro que estaba buscando. Ya no tenía motivo para encarar el dilema de hacer ricos a los Ascot, una perspectiva que no encajaba en absoluto con sus propósitos para arruinarlos.

Y entonces su ánimo se volvió sombrío de nuevo, pues encontró a Jonathan Hale en alegre conversación con Larissa y su hermano Thomas, a quien le habían permitido salir de la habitación expresamente para decorar el árbol de Navidad; juntos componían una escena familiar que, para Vincent, era totalmente extraña.

Fueron las carcajadas, las sonrisas y el sentimiento de alegría compartida lo que golpeó el espíritu de Vincent con más fuerza. Sabía que él ni formaba parte de aquello, ni lo formaría nunca. La cuestión no estribaba en la Navidad, o en el llamado espíritu navideño, sino en la capacidad que ellos parecían poseer para disfrutar con las cosas más sencillas, mientras que él nunca había contemplado la diversión como una parte de su vida, ni siquiera durante su infancia.

En más de una ocasión, su hermano había intentado mostrarle cómo divertirse, sacarlo del árido mundo de los estudios y llevarlo a otro, a un lugar de juegos y de imaginación, pero nunca lo había logrado. Simplemente, Vincent tenía demasiadas preocupaciones reales, a pesar de ser un niño, como para poder dejarlas de lado y disfrutar de los juegos. Aun así, el hecho de que Albert tratara de incluirlo en ese agradable aspecto de la vida infantil fue la razón por la que el barón le perdonó muchas de las muestras de debilidad de las que su hermano había hecho gala durante esos últimos años. Albert había tratado de enseñarle, pero él nunca se había tomado la molestia de tratar de aprender.

Larissa lo descubrió allí, observándolos en el quicio de la puerta, y le dedicó una deslumbrante sonrisa. La visión de la muchacha le cortó la respiración, era increíblemente hermosa. Jonathan también la vio y quedó cautivado. Thomas, observando la extraña reacción de ambos hombres, giró los ojos mirando al techo. Era evidente que estaba acostumbrado a ver a los hombres comportarse como idiotas ante su hermana.

–Pensaba que no llegarías a tiempo para ayudar –dijo Larissa a modo de saludo, al tiempo que tiraba de él hacia el árbol.

–¿Ayudar? –preguntó sin moverse.

–En realidad es tu árbol, y nuestros adornos apenas son un añadido a los que tus criados habían puesto ya. Mira, éste lo puso el cascarrabias de tu cocinero –anunció señalando la cucharilla sujeta a una de las ramas con una brillante cinta de colores–. Incluso se ruborizó un poco mientras la colgaba.

–No tengo ningún adorno que añadir.

–Aquí tenemos un montón, puedes elegir el que te plazca. Vamos, coloca este ángel en lo más alto.

Habían colocado una robusta silla junto al árbol para alcanzar las ramas superiores, pero Vincent no alcanzaba a imaginarse a sí mismo encaramado al mueble; lo cierto es que no se imaginaba acercándose al árbol. Ella era la atracción, no un estúpido árbol al que no encontraba razón alguna, ninguna razón de peso, para que estuviese allí, en su casa.

Tomó el adorno que Larissa le ofrecía, se acercó al árbol, cuya cúspide se alzaba un metro por encima de su cabeza, y se encaramó a la silla. La muchacha se colocó tras él, sujetando firmemente el respaldo. Miró de nuevo a la muchacha, esta vez desde la altura que le confería la silla, y de nuevo se quedó sin respiración: era preciosa. Era tan fácil hacerla feliz, disfrutaba tanto con aquellos insignificantes detalles.

Vincent colocó el ángel sin mucha pericia, pues la figura comenzó a inclinarse lentamente hacia él. Hale comenzó a bromear y contar chistes acerca de ángeles que caían en sus manos, chistes de doble significado que Larissa no supo interpretar, pero cuyo sentido no pasó inadvertido para el barón.

–¡Perfecto! –gritó Larissa alborozada al tiempo que daba palmadas de alegría.

–Está torcido –apuntó Thomas, que veía el ángel desde un ángulo diferente.

–Bah, no le hagas caso, Vince, Thomas está de malas pulgas.

–En efecto, está torcido –convino Hale.

–Aprobado por mayoría –apostilló Thomas riéndose entre dientes.

–No seréis mayoría a no ser que os conceda mi apoyo –señaló Vincent, sorprendiéndose a sí mismo.

–De acuerdo. Entonces, ¿cuál es el veredicto?

Vincent descendió de la silla y contempló al árbol mirándolo desde distintos ángulos. Los demás lo observaban conteniendo la respiración, como si fuese a exponer una profunda reflexión.

–Está torcido –sentenció y, mirando a Thomas añadió–: Lo fijarás tú, obviamente yo no tengo buena mano para tales menesteres.

Dicho esto, alzó a Thomas hasta la figura del ángel y el muchacho la colocó correctamente.

Larissa estalló en carcajadas desde el otro lado de la habitación.

–Ahora sí que está torcido –declaró.

Esta vez la risa de la muchacha sonaba realmente contagiosa, tanto que Vincent se encontró riéndose con los demás, compartiendo las carcajadas y sorprendiéndose de lo bien que le sentaba la risa. El barón se recostó y se entretuvo observándolos terminar la tarea, haciendo comentarios sobre esto y lo otro, señalándoles las zonas menos adornadas del árbol con objeto de conseguir un efecto más equilibrado.

No podía creer que se hubiese unido a aquellos alegres individuos, y mucho menos que se considerase parte del grupo. Ése era el efecto que los actos de Larissa tenían sobre él. No es que la muchacha tuviese dotes de mando, ni una personalidad arrolladora, sino que, simplemente, la gente sentía una fuerte inclinación a complacerla en todo aquello que sugería.

Vincent no podría dejar de invitar a cenar a Hale después de todo aquello, por mucho que le hubiese gustado evitarlo. Mientras Thomas estuvo presente, la conversación de Hale fue la de un perfecto caballero, como uno más del grupo, pero en cuanto el niño abandonó la sala, Jonathan le dedicó a Larissa todo el encanto que era capaz de derrochar.

Vincent se disgustó profundamente. Podría haberle dicho algo a Jonathan para que se abstuviese de continuar por ese camino, pero la muchacha, por su parte, estaba realizando un magnífico trabajo de escape consistente la mayoría de las veces en pasar por alto o fingir no entender los sutiles intentos de aproximación del vizconde. El barón vio claramente que no existía peligro alguno.

De momento, y hasta que no conociese la verdad, ella estaba convencida de la inminente llegada de su matrimonio, lo cual implicaba que rechazaría las proposiciones de cualquier otro hombre. Y, a pesar de que Vincent todavía no le había propuesto casarse con ella, ello no podría ser usado como excusa para rechazar las proposiciones de otros hombres; por lo tanto, debía ser muy creativa u ocurrente a la hora de contestar a las proposiciones corteses de Jonathan.

Larissa estaba realizando una admirable labor, a mayor disgusto de Hale. Lo hacía de modo que el galante caballero no perdiese del todo la esperanza... a mayor disgusto de Vincent. El barón hubiese preferido una respuesta tajante que hiciese desistir al galán en sus intentos, pero no tendría esa suerte, pues, cuando Hale le ofreció a la joven asistir a una representación teatral, el barón pudo ver claramente un rictus de disgusto en el rostro de la muchacha cuando declinó amablemente la invitación.

Se preguntó si alguna vez había asistido al teatro; dudaba que así fuera. A todas luces, ella había permanecido casi recluida en su hogar y era un personaje totalmente desconocido para la sociedad londinense. Su padre podría haberla llevado, pero ella acababa de llegar a la mayoría de edad, y haber asistido a una representación antes hubiese sido inapropiado.

Decidió invitarla él. Lo haría por la noche, cuando se vieran a solas. Sería uno de esos insignificantes detalles con los que ella tanto disfrutaba. Era lo menos que podía hacer y, además, distraería su atención de ciertos temas que él quería evitar a toda costa.

18

Invitar a Larissa al teatro como maniobra de distracción funcionó a las mil maravillas. Su amante tenía intención de retomar de nuevo el asunto del casamiento. Cuando Vincent la visitó por la noche, era claro el estado de nerviosismo de la muchacha; incluso comenzó a formular preguntas que Vincent no tenía ganas de responder.

Las preguntas de Larissa eran previsibles, tanto más cuando sabía que, estando solos en la habitación, era la única oportunidad de que disponía para abordar cuestiones personales. Por lo tanto, Vincent se dio prisa en cortarlas aprovechando la invitación al teatro. Así, antes de tratar los detalles de la salida a un acto social, ya la estaba besando. Y, como era de suponer, una vez que comenzaron, ya no hubo lugar para otro pensamiento que no fuese un ansiado y próximo placer.

Todavía se sentía culpable; tales emociones molestaban al barón, aunque no lo suficiente como para hacerle desistir de volver a hacerle el amor esa misma noche. Disfrutar del sexo con ella se había convertido en una obsesión más poderosa que sus remordimientos. Por otro lado, su conciencia parecía desaparecer en el momento en que estrechaba sus brazos en torno a Larissa. Más tarde, cuando ella ya no estaba a su lado, los remordimientos volvieron a atormentarlo como una plaga.

Al día siguiente la evitó hasta que llegó la hora de ir al teatro. Larissa protestó, alegando que no tenía vestuario adecuado para la ocasión, puesto que su guardarropa de temporada contenía ropas algo pasadas de moda. Vincent la había advertido que no fuera ataviada con demasiados adornos, y ella obedeció. La indumentaria determinaba en cierto modo el teatro al que asistirían, y había muchos donde escoger; desde los más exclusivos, visitados por lo más granado de la alta burguesía de la capital inglesa, hasta locales donde fácilmente uno podía encontrarse sentado junto a un deshollinador.

Larissa cumplió exactamente los requerimientos del barón. El vestido de terciopelo rosa estaba algo desgastado por el uso diario, así como la bonita esclavina con ribetes de piel que cubría el profundo escote del traje, pero, una vez retirada la esclavina, el vestido se convirtió en un bonito modelo de noche demasiado elegante como para acudir a un local frecuentado por miembros de los estratos más modestos de Londres.

Ordenó a uno de sus criados que les acompañara como escolta. Le pareció buena idea llevar un acompañante, pues así se mantendría alejado de Larissa, su presencia no le permitiría tocarla, ni hacer gesto alguno que insinuase que la muchacha era de su propiedad... y la mantendría lejos de él, para no devorarla a besos de camino al barrio donde estaban los teatros. Era lo menos que podría hacer con ella aquella noche, en la que estaba especialmente hermosa.

Al final, resultó ser un tremendo error; llevarla consigo a cualquier lugar donde pudiesen ser vistos juntos fue todo un fracaso. Sí, era evidente que la muchacha había disfrutado inmensamente con la salida, pero Vincent debería haber ideado otro modo de entretenerla que no fuese exponiéndola a las miradas de la burguesía de la ciudad.

Las consecuencias no se hicieron esperar. A la mañana siguiente, al menos siete jóvenes galanes llamaron a su puerta interesados todos por la beldad que lo había acompañado la noche anterior. Lo peor fue que Vincent no se hallaba en casa para rechazarlos: había salido a dar su matutino paseo a caballo por el parque, como era habitual, y a su regreso encontró a Larissa cortejada en el salón de su propia casa, junto al árbol de Navidad. El desfile de enamoradizos pisaverdes continuó hasta la tarde con cinco visitas más.

La muchacha, para consuelo y satisfacción del barón, rechazó las proposiciones de todos los pretendientes. La única preocupación seria, y grave de la que debía ocuparse era cuánto tiempo mantendría la muchacha su conducta, ya que su amante todavía no se había comprometido verbalmente con ella.

Larissa era suya de momento, pero dejaría de serlo en el preciso instante en que George Ascot apareciese, y Vincent, a diferencia de ella, estaba convencido de que dicho regreso tendría lugar en breve. La posibilidad de la inminente vuelta del padre de la muchacha era la única razón por la que sus evasivas podrían funcionar. Aun así, no podría mantener alejadas las inquietudes de su huésped por tiempo indefinido, y menos teniendo en cuenta lo importante que era para ella obtener una respuesta cuanto antes. Vincent sabía cuánto le gustaría a Larissa decir a sus admiradores: Estoy prometida a cierto caballero, dejadme, os lo ruego.

Cuando lord Hale se presentó en casa del barón a última hora de la tarde, estaba al corriente de la salida al teatro de la pareja y, como era de esperar, no ocultó su malestar con Vincent por haberla presentado en el mundo de la licenciosa sociedad londinense.

–Ya le ha propuesto matrimonio y, evidentemente, habrá aceptado, ¿verdad? –le espetó con tono acusador–. Usted está esperando el regreso de su padre para hacerlo oficial. Le ruego que me sea sincero, y me confirme si estoy, o no, perdiendo el tiempo aquí.

–¿Y qué tiene que ver una cosa con otra, si se puede saber? –respondió Vincent.

–Pues que jamás habría osado llevarla al teatro, ni se habría dejado ver con ella si no estuviesen comprometidos formalmente. ¿O pretende hacerme creer que no han acudido a su puerta la mitad de los dandis de la ciudad tras haberla visto? Ahora le conozco lo suficiente como para poder afirmar que no es plato de su devoción el recibir visitas sociales, ¿qué esperaba que supusiese? No ha podido resistirse a salir con ella, al igual que pensaba hacer yo en cuanto me hubiese comprometido con Larissa. No soy lo suficientemente estúpido como para hacerlo antes de existir un compromiso, y usted tampoco lo es.

Vincent apenas pudo contener la carcajada que pugnaba por salir de su garganta. ¿Acaso no debería confesarle que, en efecto, era tan estúpido como Hale había insinuado? No había sopesado las repercusiones que tendría el hecho de asistir con Larissa a un acto social. Simplemente quería distraerla, ofrecerle algo de diversión y nada más.

Y también había tratado de evitar a lo más granado de la sociedad acudiendo a un teatro de ínfima calidad, pues sólo así podría salvar las incómodas preguntas que pudiesen surgir en torno a su bella acompañante. Pero le había salido el tiro por la culata, pues, y eso lo ignoraba, la representación a la que asistieron había recibido unas excelentes críticas, lo cual era un buen gancho para los aficionados a dicho arte, fuera cual fuese su posición social. Pero como él, al contrario que Hale, no albergaba intención alguna de casarse con Larissa, no se preocupó de que existiesen otros hombres que sí pensaran hacerlo.

Se acomodaron en el salón después de cenar, justo cuando la muchacha, haciendo gala de sus buenas maneras, se excusó antes de retirarse a sus aposentos. Había sido un día agotador; se encontraba exhausta después de haber sido tan admirada y por tantos hombres.

Hale no disimuló su contrariedad cuando la vio marchar: había llegado a última hora de la tarde, y vio que no tenía oportunidad de pasar con ella tanto tiempo como hubiera deseado. Tal circunstancia no hizo sino aumentar su enojo.

–Me parece que ya le comenté en cierta ocasión que no pretendo contraer matrimonio con Larissa –dijo–. Ni con ella ni con ninguna otra, dicho sea de paso.

–Pero mírela, es casi imposible resistirse a ella.

–Nada de eso –rebatió, incluso se permitió mirarle directamente a los ojos cuando añadió–: Cierto, le concedo que es una damisela hermosa, pero no deseo en modo alguno complicarme la vida con ninguna mujer.

–Llegará el momento en que necesite casarse.

–¿Por qué? Ni siquiera usted había pensado en ello antes de conocer a Larissa. Y yo no necesito un heredero.

–Posee un título que habrá de legar –señaló Jonathan.

–En lo que a mí respecta, puede pudrirse. No tengo a nadie que aprecie lo suficiente como para legarle nada.

–Convendrá conmigo que no es algo muy habitual.

Por toda respuesta, Vincent se encogió de hombros. Era su manera de expresar lo poco que le importaba el concepto de normalidad.

–Además, esta conversación no tiene sentido. No le he propuesto matrimonio –replicó–. Ni lo he hecho ni lo haré. Y respecto a la asistencia a la función, visto que tanto le preocupa, ¿no se le ha ocurrido pensar que pretendiera, simple y llanamente, distraerla de sus muchas preocupaciones? ¿Ignora acaso que la tardanza de su padre la afecta tanto que ya se ha puesto en lo peor? Por otro lado, creo haber asistido a un local poco frecuentado por nuestros círculos y maldita sea si la obra era tan buena como habían chismorreado por ahí.

–¿Insinúa que su padre podría haber fallecido?

Confió en que Jonathan asumiese su silencio como una afirmación mientras pensaba en una estrategia para usar esa información a su favor.

–Es muy probable.

–¿Es posible?

–Cualquier cosa es posible, pero, personalmente, me inclino a pensar que el señor George Ascot aparecerá en Londres antes de que concluya esta semana; hará un esfuerzo para lograrlo, pues querrá estar con los suyos por Navidad. Desgraciadamente, Larissa está convencida de que algo terrible le ha sucedido a su padre y, ya sabe, una vez que el miedo se asienta dentro de alguien, es difícil superarlo. He intentado sacarla de su error, pero con tan poca fortuna que no se me ocurrió nada mejor que idear algún tipo de distracción para ella.

–Pues se las apaña muy bien para ocultar su preocupación –reflexionó Hale con el ceño fruncido–. ¿Cómo ha sabido de ello?

–Estalló en lágrimas ante mí un día que hablamos de su padre. Créame, fue un buen indicio –respondió secamente.

–Debo confesar que me placería en grado sumo hacerme cargo de la diversión de la señorita Ascot. No veo motivo alguno para que se ofenda, puesto que, como acaba de señalar, ella no significa nada para usted. Y, en mi opinión, usted ya ha hecho mucho por su familia ofreciendo la hospitalidad de su hogar hasta que su padre regrese; lo cual me lleva a plantearme otra cuestión: ¿por qué los ha desahuciado?

Jonathan había sobrepasado los límites de confianza que le permitía su relación profesional con Vincent al interesarse por asuntos que no eran de su incumbencia, y lo sabía, por supuesto: la ligera señal de rubor en su rostro era prueba suficiente de ello. Tampoco podía retirar la pregunta, pues su interés por Larissa le obligaba a reunir toda la información que pudiese conseguir acerca de ella y confiaba en que Vincent se la proporcionara.

El barón suspiró. Mentir no formaba parte de sus hábitos, y desde que había conocido a Larissa, tenía la impresión de no estar haciendo otra cosa. Habiendo afirmado ante el vizconde su nulo interés en la muchacha, no podía desdecirse tranquilamente y revelar que alojarla en su casa tenía como único objetivo seducir a la desdichada damisela, ni que su fin último era arruinar a los Ascot, así como su buen nombre. Hale informaría de los propósitos de Vincent a Larissa, no porque le interesase de un modo especial, sino porque confiaría en ganar así su gratitud.

En consecuencia, al barón no le quedó más remedio que continuar con la mentira que había creado en torno a ella.

–Fue una decisión tomada antes de saber que George Ascot se encontraba fuera del país; es obvio que no pudo impugnar la orden o buscar algún tipo de alojamiento provisional para su familia. Al caer en la cuenta de que sus hijos podrían convertirse en indigentes, decidí alojarlos hasta que su padre regresara.

–Ah, bueno, me alegra saber que usted no es un completo desalmado –replicó.

–No he dicho que no haya actuado de corazón en este asunto –puntualizó Vincent con el ceño fruncido–. Pero ¿qué es lo que le hizo sospechar que soy despiadado?

–Que enviase una orden de desahucio en fechas tan próximas a la Navidad –aclaró–. Eso es un acto cruel, cuando menos.

–Bah, ¿insinúa que la proximidad de la Navidad ha de influir en el modo de manejar los negocios?

–Quizá no, puesto que así lo plantea –dijo Jonathan con un guiño–. Sólo que estas fechas son sinónimo de generosidad y buena voluntad.

–Lo siento, pero a mí, al contrario que a usted, la Navidad no me provoca sentimentalismos ni conceptos de ninguna clase. Para mí no significa nada.

–Eso... eso es triste, Vincent.

–¿Por qué?

–Porque demuestra que nunca ha experimentado el encanto y la sana alegría del amor al prójimo. Yo diría que es una época de ánimo, de alegría. Fíjese, los enemigos suspenden las hostilidades, los vecinos se acuerdan de que viven en comunidad, te encuentras en todas partes a gente deseando salud y dicha a sus semejantes. No puede afirmar que nunca ha experimentado esto de lo que estoy hablando.

–No que yo recuerde –apostilló encogiéndose de hombros.

–Maldita sea, a veces pienso que usted no es inglés –rezongó Jonathan; al oírlo, Vincent estalló en sonoras carcajadas–. ¿Se puede saber qué le hace tanta gracia?

–Simplemente que Larissa me dijo esas mismas palabras cuando le aseguré que nunca antes hubo un árbol de Navidad en mi casa.

–¿Quiere decir que este de aquí, este que ha ayudado a decorar, es por ella? –El vizconde añadió con un resoplido antes de que el barón pudiese contestar–: Pues le diré que para ser alguien que jamás ha experimentado los valores que conlleva esta época se muestra sorprendentemente generoso en lo que a la muchacha se refiere. Permítame un pequeño consejo: debería dejar de tratarla con tanta amabilidad o, de otro modo, ella puede asumir la idea, la errónea idea, de que está interesado por ella, lo cual, como me acaba de confirmar, es totalmente falso.

19

Asumir determinados acontecimientos es una manera de acabar con ciertas dudas, pero este método falla si con el paso del tiempo no se confirman los supuestos, como era el caso de Larissa. Había pasado algo más de una semana desde la noche en que había sucumbido a la tentación, y debía asumir que si Vincent no le proponía el matrimonio, cosa que debería haber hecho, es que no pensaba hacerlo nunca.

Por extraño que pudiese parecer, la muchacha no se encontraba desolada ante tal situación pues, después de todo, él no había roto ninguna promesa, ni le había mentido, había sido ella quien, basándose en suposiciones infundadas, se había engañado a sí misma.

Como mucho, podría decir que él había sido una víctima de la poderosa atracción que se daba entre ellos, al igual que ella. Al final, no parecía que ambos tuviesen la misma concepción de los hechos. Ella, cuya naturaleza era eminentemente romántica, esperaba una boda mientras que él tomaba el placer allí donde lo encontraba. No podía culparlo por ello. Él seguía una pauta de comportamiento, exactamente igual que ella.

Suponía que aceptar que él no quisiera hacer de su relación un vínculo permanente, no le estaba afectando tan seriamente como lo habría hecho si no estuviese tan preocupada por su padre y los oscuros presagios que su prolongada ausencia sugerían. Irónicamente, se sentía obligada a agradecerle que la hubiese mantenido alejada de esa angustiosa preocupación.

Noche tras noche, él había acudido a su habitación. Su estilo de hacer el amor era adictivo, provocaba que ella esperase sus caricias cada noche casi conteniendo la respiración. Todo eso le había aportado también una serie de beneficios que el propio Vincent ignoraba porque, cuando estaba con él, sólo pensaba en su hombre y, en cuanto abandonaba su dormitorio, el pesar volvía a apoderarse de ella.

Tampoco había sido capaz de ocultar la preocupación a los ojos de su perspicaz hermano, quizá por eso Thomas no había vuelto a preguntarle sobre el regreso de su padre. Hasta que un día, lo sorprendió llorando amargamente; aquel día el chico se enfrentó por primera vez a la posibilidad de que su padre no regresase jamás. Como si de un acuerdo tácito se tratase, decidieron no pensar en el asunto, al menos de momento.

Sin duda, tenía mucho que agradecerle al barón. No sólo que los hubiese alojado en su casa durante la Navidad, sino las muchas y variadas distracciones proporcionadas; sin él, Larissa se habría hundido en su propia desesperación.

Aquella noche, la noche antes de Navidad, ella cerró de nuevo la puerta de su dormitorio. Sí, le debía gratitud a Vincent, pero no podía permitir seguir manteniendo una relación íntima con él sabiendo que eso era lo único que pretendía de ella.

Desde luego que no le resultaba nada fácil, aunque creía que debería serlo; después de todo se sentía algo entumecida por las conclusiones a las que había llegado. Él llegó como todas las noches, y la llamó suavemente por su nombre desde el otro lado de la puerta, como solía hacer a menudo. Larissa no contestó. Supo inmediatamente que estaba tratando de engañarse a sí misma de nuevo, pues que él no se preocupase por ella tanto como esperaba, era mucho más doloroso de lo esperado.

Las lágrimas que empaparon su almohada aquella noche fueron por lo que podría haber sido...

Larissa despertó a su hermano con el rostro radiante de alegría, confiando en que no detectase su preocupación, y lo acompañó hasta el salón para abrir los regalos navideños, comprados meses atrás y ocultos hasta entonces. Thomas también colocó bajo el árbol algún obsequio para ella, figuras talladas por su propia mano, aprovechando un momento de descuido. Asimismo, hubo regalos para Mara y Mary; ambas mujeres se unieron a ellos, compartiendo el festivo acto de la apertura de los presentes.

Ni que decir tiene que no era una Navidad al uso para ninguno de ellos. No era su casa, ni tan siquiera les pertenecía el árbol bajo el cual colocaron los regalos; pero esas consideraciones no eran óbice para disfrutar de la situación, pues la celebración de la Navidad no se circunscribía a un lugar concreto, al menos desde su punto de vista; más bien la celebraban como una época para disfrutar con la familia, época de compartir y de amar al prójimo. Precisamente ahí estaba el aspecto más doloroso de la situación: no eran una familia completa. Y todos experimentaban el dolor por la ausencia de un miembro en fechas tan señaladas, tan propicias para gozar en compañía de los seres queridos.

Mara y Mary trataron de ayudarles a olvidar mostrando gran admiración por la habilidad de Thomas en la talla de madera, destreza que practicaba e incrementaba año tras año. También agradecieron las chucherías que Larissa había comprado para ellas antes de que el dinero desapareciese como por ensalmo. Mary no pasó mucho tiempo con ellos, estando como estaba ansiosa por regresar a la cocina y aprovechar el verdadero regalo de Larissa, pues la muchacha había pedido al cocinero de la mansión que permitiese a su cocinera preparar la cena del día de Navidad, ganso al horno, plato que le salía especialmente bien.

Tampoco se preocupó en demasía por la hiperactividad que parecía haberse apoderado de Thomas, como todas las Navidades, aunque sí la hubiera inquietado una semana antes. Lo bueno era que, gracias a Dios, se estaba recobrando de su enfermedad, no había recuperado toda su energía, pero estaba mucho mejor.

–¿Puedo hablar con tu hermana a solas? –Era la voz de Vincent desde la puerta.

El barón parecía un tanto titubeante cuando entró en la sala.

–No, si va a hacerla llorar de nuevo –contestó Thomas sin dignarse dirigirle una sola mirada; la voz del chico sonó seca, sin inflexiones.

–Disculpa, creo... –Ahora la voz del barón sonaba dura.

–Tiene los ojos enrojecidos y... –interrumpió.

–Silencio, Thomas –cortó Larissa, bastante preocupada por la situación–. Eso no tiene nada que ver con él –afirmó sonrojándose levemente por la mentira piadosa–. Coge los soldados y ve a tu habitación. Subiré enseguida.

Thomas le lanzó una mirada disgustada dándole a entender que sabía que estaba mintiendo. Mara, haciendo gala de su tacto, ayudó al chico a recoger sus soldaditos nuevos de madera y sus libros y, medio a empujones, medio tirando de él, se lo llevó a su cuarto.

Vincent no era tan astuto, o quizá había optado no serlo porque, en cuanto quedaron a solas, preguntó:

–¿Has estado llorando de nuevo por tu padre?

–No –replicó sonrojada.

Bien, si no estuviese buscando la verdad, no habría formulado una pregunta que lo llevara directamente hasta ella. No sentía lástima alguna por él, había llegado el momento de mantener una conversación sincera. Su anfitrión había esquivado, o evitado responder una y otra vez a sus preguntas cuando compartían la intimidad de la alcoba y durante el día, dada la sempiterna presencia de algún miembro del servicio, tampoco encontraban el momento adecuado para hablar. Por fin, podía decirse que estaban solos, y el barón no podría distraerla con besos, o interrumpirla planteando absurdas cuestiones para, al final, besarla, como siempre. De hecho, por una vez, era él quien necesitaba exponer algún punto en lo referente a su relación.

–¿Por qué no me contestaste anoche?

–Probablemente por la misma razón por la que no me contestas a mí.

–¿De qué estás hablando?

–Vamos, Vincent, el papel de hombre obtuso no te sienta bien –dijo dedicándole una sonrisa triste–. Cada vez que he pronunciado la palabra matrimonio en tu presencia, has cambiado de tema con tal presteza que no me daba tiempo ni a pestañear. De acuerdo, el matrimonio es un asunto que no se había planteado nunca y, ahora que, obviamente, veo que así será, ¿no es suficiente razón para que de ahora en adelante mi puerta permanezca cerrada?

Vincent avanzó hacia ella con el ceño fruncido, pero Larissa lo detuvo alzando la mano, incluso retrocedió unos pasos alejándose de él.

No pensaba permitir que la tocase, y no por estar expuestos a miradas indiscretas, no por saber que nunca le propondría el matrimonio, sino porque sabía que era demasiado maleable en brazos de aquel hombre. ¿Por qué, por el amor de Dios, el conocimiento de la situación que poseía, no le ayudaba a olvidarse de él? Debería despreciarlo profundamente, como antes, en vez de desear con todas sus fuerzas que él la contradijese, que le asegurase que sí, que se casarían, por supuesto.

–En realidad, no pretendes hacernos esto, ¿verdad, Larissa, verdad que no tienes intención de hacernos daño a los dos?

Estaba comenzando a usar sus bazas, y tenía unas cuantas que a buen seguro podrían funcionar, entre ellas, el ronco tono de voz que estaba usando.

–No lo hago yo, lo haces tú. O bien continuamos nuestra relación, o bien la abandonamos ahora mismo, decide lo que te plazca. Yo tengo que seguir los designios de mi corazón.

–Tu corazón no dice que me dejes.

Era cierto, Larissa estaba profundamente enamorada de él. Había comenzado todo aquello pensando en que no estaría mal casarse con él, pero no había reflexionado acerca de por qué le parecía buena idea. Todos los detalles que conocía de él habían entrado en su corazón a través de las puertas de la compasión. La irresistible atracción que sentía por él representaba un bien añadido, o una maldición.

–La tentación se basa en la atracción que ejerce lo prohibido –alegó, tratando de mostrarle lo que a él parecía escapársele–. Pues bien, tú me estás prohibido. Pero existen ciertas prioridades. Si sólo dependiese de mí, si no existieran otras personas bajo mi tutela, tampoco tendría mayor importancia, pero tengo un hermano menor al que debo cuidar... por mí misma. Y debo enseñarle cuál es el modo correcto de hacer las cosas, tal como mi padre hubiese hecho.

–Tu padre nunca habría sido un buen... nada, no importa –concluyó, dejando la frase a medias.

Se pasó la mano por su negra melena, en un gesto que denotaba innegable y creciente frustración. ¿O era miedo? No resulta fácil interpretar los gestos de alguien habituado a ocultar sus emociones, aunque no así su pasión.

Larissa no dudaba ni por un segundo que él se encontraba muy a gusto con la situación actual de su relación y deseaba mantenerla tal y como estaba; por tanto, los sentimientos que surgían de él eran consecuencia de su negativa a aceptar que ella zanjase la situación.

Pero a la joven no le quedaba otra opción. Puede que él quisiera cuidarla, pero no tanto como para permitir que formase una parte importante, y permanente, de su vida. ¿Qué solución le quedaba, entonces? ¿Qué esperaba él que hiciese? ¿Que fuese su amante, cuando la educación recibida no le permitía tener en consideración esa opción? ¿O es que el breve romance que esperaba mantener estaba simplemente tocando a su fin antes de lo esperado?

Larissa también comenzaba a sentir cierta frustración, sentimiento que agradecía, pues la ayudaba a tolerar la desazón que se había instalado en su pecho.

–No sé lo que pretendes de mí, Vincent, ¿lo sabes tú?

–Lo único que sé es que no quiero que me dejes.

–Sólo el matrimonio podría conseguirlo.

–¡Déjalo ya! –explotó–. No puedo casarme contigo.

–¿Por qué no? –preguntó frunciendo el ceño.

–Por tu padre.

–¿Qué tiene que ver mi padre con esto? –preguntó tan confusa como alarmada.

–Existen ciertos hechos que ignoras.

–Explícate, entonces.

–Reverencias la imagen de tu padre, Larissa –replicó–. Es mejor que no sepas nada más.

–Está muerto, ¿verdad? –inquirió con la cara demudada por el temor–. Ha muerto y tú lo sabías, has recibido pruebas de...

–¡No! –cortó al tiempo que se abalanzaba sobre ella y la tomaba por los hombros antes de que pudiese retroceder. La sacudió–. No, no tiene nada que ver con eso, nada en absoluto. Ah, maldita sea, tampoco tiene mayor importancia. Tú, en cambio, sí la tienes. Tu padre se demora, nada más, no hay motivo para ponerse en lo peor. En realidad, no me extrañaría si apareciese hoy mismo por la puerta...

Llamaron a la puerta con un golpe tan fuerte que no pudieron evitar oírlo proporcionando, además, un carácter profético tal a las palabras de Vincent, que la estremecieron. Se le cortó la respiración de pura ansiedad, demasiada para quedarse allí, esperando, inmóvil. Se zafó de los brazos del barón y, sin hacer caso del suspiro de éste, corrió hasta la puerta del salón y miró al mayordomo mientras se dirigía a recibir a tan enérgico visitante.

–No quise decir que fuese a llegar justo ahora –aseguró Vincent tras ella con una voz que revelaba cierta compasión.

Continuó dejando de lado sus palabras, ya que no le apetecía sopesar la posibilidad de un desengaño. Era su última esperanza. Dios santo, haz que sea mi padre. Hazlo y no te pediré nada más, nunca.

No era su padre. Era un hombre grande, corpulento, que quería la confirmación de que allí vivía el barón de Windsmoor. Larissa no escuchó nada más. Le zumbaban los oídos, se le nubló la vista y, cuando creía que estaba a punto de desmayarse, estalló en una histérica carcajada; creía que era más fuerte, ¿lo era? Quizá hubiese retenido la respiración durante demasiado tiempo...

Vincent la sujetó poco antes de que sus piernas dejaran de responderle, lo escuchó llamarla por su nombre, tratando de mantenerla consciente mientras su mente pugnaba por sumergirse en la nada. Le recordaba a la voz de su padre, sus sentidos le jugaban malas pasadas.

–Abre los ojos –le rogó el barón.

Pero ella se negaba, no, no más disgustos, ya habían sido suficientes.

–Rissa, por favor, mírame.

Vincent nunca la había llamado Rissa. Abrió los ojos y, de nuevo se le cortó la respiración.

–¿Padre, de verdad es usted? –preguntó con un hilo de voz.

Por toda respuesta recibió un abrazo familiar, protector, agradable, cálido y cariñoso que parecía confirmarle que todo iba a salir bien, que se habían terminado los problemas. Era el abrazo con el que había crecido y del que, en cierto modo, todavía dependía. Oh, Dios, era él, estaba vivo y en casa, había regresado sano y salvo, sano y salvo...

Los sollozos hicieron que sufriese intensas convulsiones en los brazos de su padre. Sus plegarias habían sido escuchadas; se había operado un milagro en la época de los milagros.

20

–¿Por qué están mis hijos aquí?

Fue lo primero que le preguntó a Vincent cuando quedaron a solas. George Ascot era un hombre de mediana edad, alto y de constitución sólida. Tenía el pelo de color castaño claro, un poco gris ya en las sienes y bastante más en la cerrada barba, otrora oscura. Sus ojos eran del mismo color que los de Larissa, una desconcertante mezcla de azul y verde, cálidos, anunciadores de una naturaleza compasiva, sólo que en este caso no era así.

Vincent se había mantenido un poco distante de la emotiva escena, testigo mudo del amor que fluía a raudales entre un padre y su hija, algo realmente nuevo para él. ¿Qué esperaba? Que un hombre fuese un negociador despiadado no implicaba necesariamente que no quisiese a los suyos. Incluso el diablo amaría a sus hijos si los tuviese, y no por eso iba a ser menos diablo, supuso el barón.

Larissa no debería haberlos dejado solos. Primero había llorado, después reído y después salió corriendo escaleras arriba para anunciarle a su hermano la buena nueva. No se detuvo a preguntarle a su padre por la causa de su retraso: ahora que sabía que estaba sano y salvo, y en casa, eso no parecía tener la menor importancia para ella.

Vincent podría haber ofrecido algún tipo de disculpas o mostrar propósito de enmienda, y lo habría hecho si no los hubiese dejado solos, pues ya había decidido que la satisfacción de la venganza no compensaba la pérdida de Larissa, un descubrimiento sorprendente que ella le había ayudado a realizar. Pero sólo, ante el hombre responsable de la muerte de su hermano, los sentimientos de venganza regresaron a él con la fuerza del principio y, desgraciadamente, dichas emociones gobernaban su conducta.

–Los ha dejado solos, sin un tutor que se ocupase de ellos y sin lugar alguno adonde ir –contestó Vincent.

George habría tenido que estar sordo para no detectar el tono de disgusto con el que hablaba su interlocutor y, aunque aún no comprendía a qué venía todo aquello, su tono fue severo cuando contestó:

–Larissa disponía de una amplia mansión, así como de fondos más que suficientes.

–¿Incluso cuando fue acosada por toda una horda de acreedores aterrados que buscaban cobrar sin demora?

–¿Aterrados, cómo es posible...?

–¿Quizás a causa de ciertos rumores acerca de supuestas prácticas un tanto turbias en sus negocios que lo estaban conduciendo a la ruina financiera?

–¡Eso es ridículo! –protestó.

–Usted no estaba presente para rebatir las acusaciones, ¿me equivoco? –añadió Vincent encogiéndose de hombros, sin dejarse impresionar por la indignación plasmada en el rostro de Ascot–. De hecho, su prolongada ausencia sólo sirvió para reforzar, incluso confirmar, las sospechas de que estaba considerando la idea de no regresar jamás a Inglaterra.

–¡Imposible, con mi familia viviendo en Londres! –rebatió–. Nadie, nadie en su sano juicio se le ocurriría pensar que yo pudiese abandonarlos.

–Alguien que no muestra ética alguna bien podría arrojar a los suyos a los lobos. No sería una situación insólita. Además, ¿cómo podrían saber sus acreedores que su familia no estaba preparándose también para abandonar el país?

–Su tono suena como si diese crédito a esas habladurías absurdas –objetó al tiempo que su rostro se congestionaba aún más por la indignación.

–Puede que le cause esa impresión porque así sea.

–¿Por qué, si usted ni siquiera me conoce?

–¿No le conozco? ¿Acaso no sabía mi nombre cuando ordenó a su cochero que llamase a la puerta de mi casa para preguntar por mí?

–Llegué de ultramar y encontré mi casa vacía, tanto de personas como de enseres –explicó frunciendo el ceño–. Los vecinos más próximos a mi residencia me informaron de que, probablemente, podría encontrar a mi familia en la mansión del barón Windsmoor y me entregaron una nota donde Larissa había escrito esta dirección. Y debo confesar que no conocía más que el título antes de presentarme tan apresuradamente en su casa. ¿Debería conocerle, acaso? ¿Quién es usted?

–Vincent Everett.

–Santo Dios, ¿no será pariente de ese canalla de Albert Everett, verdad?

–Era mi difunto hermano –contestó serio.

–¿Ha muerto? –preguntó sorprendido–. Lo siento, lo ignoraba.

–No sea hipócrita, Ascot –espetó disgustado–. Las condolencias por parte del hombre que le causó la muerte no son precisamente fiables.

–¿Que le causé la...? –dijo con un hilo de voz–. ¿Qué locura es esa?

–Así que ahora alega que no sabía nada. Pues muy bien, permítame que le refresque la memoria. La escasa herencia recibida por mi difunto hermano Albert fue invertida en la creación de un negocio que lo mantuviese. Desgraciadamente, eligió crear una empresa similar a la que usted regenta, y usted se excedió en sus capacidades para asegurarse que entendiese que la competencia no era bien recibida.

–Eso no es...

–Déjeme terminar –interrumpió–. Usted minó su trabajo de todos los modos posibles, incluso ordenó a sus capitanes que ofrecieran más por las mercancías que él negociaba y así impedir que obtuviese beneficios. Usted se aseguró de que su negocio fracasara y, en efecto, así fue. Machacó a mi hermano en todos los frentes, tanto que prefirió quitarse la vida antes que confesarme que lo había perdido todo. ¿No creería que iba a dejar que se saliese con la suya así como así, verdad?

Ascot ya no estaba indignado.

–Me parece que no está usted muy bien informado –comenzó Ascot, dominándose admirablemente para hablar con voz calmada, a pesar de tener la cara congestionada de ira–. Si el negocio de su hermano fracasó, fue porque estaba comprando mercancías, mercancías contratadas por mí, a precios ridículamente elevados, tanto que luego no era capaz de venderlas, ni siquiera recuperaba lo invertido. Yo supuse que disponía de una inagotable fuente de riquezas para permitirse hacer aquello; por eso comencé a recuperar mis mercados, los mismos que él había tratado de robarme a mí, y me embarqué hacia las Antillas en busca de nuevos mercados. No sabía que hubiese fracasado, de otro modo nunca me hubiera hecho a la mar en las condiciones que lo hice.

–¿Está diciéndome que Albert intentó arruinarle y quien se arruinó fue él?

–Exacto.

–Convendrá que resulta harto sencillo acusar a un hombre que no tiene oportunidad de defenderse porque está muerto.

–No siempre nos resulta fácil asimilar los hechos, aunque éstos sean fáciles de contrastar. Simplemente, habría de consultar a mis capitanes, o también a los comerciantes afectados, sí, aquellos que olvidaron los compromisos que contrajeron conmigo para obtener beneficios inmediatos a costa de su hermano. Los cargamentos no se hallaban en el mercado, sujetos a subasta, tal como ha mencionado; los precios ya habían sido ajustados. Puede que prefiera interrogar a los capitanes que estaban al servicio de su hermano. Ellos podrán confirmarle que sus órdenes eran obtener mercancías a cualquier precio. De todos modos, tanto si actuaron por su cuenta y riesgo como si lo hicieron bajo la dirección de su hermano, el resultado fue el mismo: siguieron la estela de mis barcos, atracando en los mismos puertos.

–¿Ahora culpa a los capitanes?

–En realidad, la responsabilidad la cargo sobre su hermano, como corresponde –contestó George Ascot con un suspiro–. Mantuve una entrevista con él antes de abandonar Inglaterra, tratando de averiguar por qué razón malgastaba tan ingente cantidad de dinero en oscuras maniobras, cuando podría haberse esforzado un poco en buscar sus propios mercados y obtener un pingüe beneficio. Si quiere que le sea sincero, me dio la impresión de que era un hombre que no tenía ni idea de qué estaba haciendo y, al mismo tiempo, era demasiado orgulloso para admitirlo. La ironía es que sus tácticas podrían haber tenido éxito si hubiese sido lo bastante acaudalado, pero no lo era y, en consecuencia, se arruinó y casi me arrastra a mí con él.

–¿De verdad piensa que voy a creerle a usted antes que a mi hermano? –preguntó Vincent negando con la cabeza–. Conozco sus defectos, nunca me los ocultó, ni tampoco sus errores, ¿por qué habría de mentirme en este asunto? Le acusó a usted, y sólo a usted, de su fracaso.

–No me imagino por qué me culpa a mí de su mala fortuna, y supongo que nunca lo sabré, puesto que, como usted dice, ha fallecido. Lo que sí sé, y me resulta obvio, es que estoy malgastando mi tiempo defendiendo mi inocencia ante usted, puesto que no quiere admitir como válida la información que le estoy proporcionando. Pero ahí está. Y, de todos modos, si cree que, en efecto, los hechos sucedieron como se los han contado, ¿por qué ha ayudado a mi familia?

–¿Qué le hace pensar que los he ayudado?

George Ascot se envaró, alarmado ante el tono de Vincent.

–¿Se puede saber qué ha hecho?

El barón no contestó. Por fin había llegado el momento, la situación por la que tanto se había esforzado; le bastaría con decir «pagarle en especie», pero no podía. Vincent Everett no podía continuar con ese juego, y no por las palabras de Ascot, a las cuales no concedía crédito alguno, sino porque se sabía más culpable de la muerte de su hermano que el propio George Ascot. No había pulsado los resortes necesarios para obligar a Albert a tomar tan trágica decisión, como había hecho el hombre que tenía ante sí, pero tampoco había intentado evitar que la tomase.

Nunca antes lo había reconocido; se limitaba a concebir su acto de venganza como un deber o algo por el estilo. Pero también existía un fuerte sentimiento de culpa, de su propia culpa, por no prestar la suficiente atención a su hermano, por fracasar a la hora de establecer una relación sólida con él, en la que Albert no hubiese preferido abandonarlo todo y suicidarse antes que admitir el fracaso de su iniciativa ante su propio hermano.

Sus padres habían mimado y protegido a Albert tanto que nunca hubiese sido capaz de sobrevivir mucho tiempo tras la muerte de sus progenitores. Su hermano necesitaba argumentos que lo animasen. Cuando sus padres murieron, ese refuerzo emocional desapareció de pronto, dejándolo herido. Vincent podría haberle ayudado, podría haberlo guiado poco a poco hasta que alcanzase la plena independencia. En vez de eso, había contemplado con disgusto la debilidad de Albert, pero sin hacer absolutamente nada por evitar que se viese abrumado por las circunstancias.

–Repito, ¿qué ha hecho?

–Nada que no pueda ser re...

–De algún modo, se las arregló para hacerse con nuestro hogar y expulsarnos de él, dejándonos sin un techo bajo el cual cobijarnos. –Era Larissa, hablando desde el piso superior con voz apagada–. Luego nos trajo aquí para seducirme sin tener intención de casarse conmigo, algo que consiguió con razonable facilidad. Tomó toda la ventaja de la que fue capaz gracias a mi vulnerabilidad, pues pensaba que usted habría muerto, padre. Utilizó mi dolor como una herramienta para conseguir sus propósitos; necesitaba mantenerme ocupada y ahí estaba él... dispuesto a facilitarme distracciones en abundancia.

La muchacha tenía la mirada ausente clavada en Vincent. Parecía como si algo hubiese sacado fuera todas sus emociones, o quizás es que no cabía ninguna más en su alma. Thomas estaba de pie, a su lado, lanzándole miradas asesinas al barón mientras deslizaba lentamente su mano hasta alcanzar la de su hermana para brindarle apoyo. El chico sintió el profundo dolor de Larissa, por mucho que ésta mantuviese una actitud estoica.

¿Lo habrían oído todo? Sí, sin duda, su discusión la había empujado a hablar. Pero, al revés que Vincent, los chicos creían a pies juntillas las palabras de su padre. Sabían que su padre no intervenía en asuntos sucios, estuviese Albert para demostrar lo contrario o no. No importaba; continuarían creyendo a su padre, sin tener en cuenta que hubiese sido Albert el que al final resultase arruinado y no Ascot.

¿Y si Ascot estuviese siendo sincero? No, no cabía esa posibilidad; además, si Albert hubiese obrado mal, implicaría que Vincent, al tomar venganza en su nombre, también lo había hecho. No, ese pensamiento no tenía cabida en él (aparte de que la posibilidad de que así fuera lo ponía enfermo) y, además, no imaginaba nada peor que lo que estaba sintiendo en ese momento, al ser observado por la que había sido su amante. Sentía un miedo atroz, como si hubiese perdido el objeto más precioso de su vida, y así había sido; acababa de perder el respeto de Larissa, su simpatía y, lo peor de todo, su amor.

Debería continuar a toda costa con su plan de venganza, por la memoria de su hermano, pero no se veía capaz, ella se lo impedía. De alguna manera, sabía que iba a ser él quien sufriera las consecuencias. Aunque intentase poner alguna solución a tan trágico desenlace, la actitud de Larissa hacia él no cambiaría ni un ápice. La había utilizado para tomar represalias contra un hombre al que ella consideraba inocente, y jamás se lo perdonaría. No lo haría aunque la convenciese de que, efectivamente, su padre era culpable; no tenía ninguna posibilidad de éxito, pues su única prueba era la última carta de Albert y ella siempre podría alegar que era una falsificación.

Aun así, debía intentarlo. El miedo que corría por su piel le mostraba que ya había perdido lo peor que podría perder.

–Existe una carta que, al menos, explicará mi actuación.

–No dudo que tuvieras tus razones para hacer lo que hiciste –le cortó–. Pero ¿justifica eso los medios que usaste, herir a inocentes, para alcanzar tu objetivo?

–No –contestó sintiéndose obligado a replicar–. No, el objetivo, como lo llamas, se convirtió en una excusa en cuanto te conocí.

Larissa se sonrojó. Vincent supo que ella había interpretado correctamente sus palabras; la seducción era un asunto personal que no había tenido nada que ver con la venganza, pero, como ya sabía, eso no suponía un cambio en la situación, ni le permitía ofrecer ulteriores explicaciones. Su padre ya se recobraba de la impresión que le había causado la noticia anunciada por su hija, y su reacción fue tan directa como violenta. No exigió una propuesta formal de matrimonio, sólo estampó un furioso puñetazo en la cara del barón, cogiéndolo totalmente desprevenido. Cuando Vincent Everett recuperó el conocimiento, los Ascot ya habían abandonado su hogar.

21

–¿No se llevó los adornos navideños con ella cuando abandonó la casa? –preguntó Jonathan Hale extrañado–. Me pregunto por qué, y más sabiendo el gran valor sentimental que les otorgaba.

Vincent ni siquiera contestó. Estaba sentado en el salón mirando fijamente al árbol de Navidad, recordando el día que lo habían adornado, lo que había disfrutado, las risas... No pareció notar la presencia del vizconde; no deseaba compañía, pero había olvidado decirle al mayordomo que no recibiría visitas, al menos de momento.

Aquel día se había sentido parte de un grupo y no un extraño, como era habitual en él. Lo achacaba a la forma de hacer las cosas de Larissa; la muchacha parecía compartirlo todo con todos, sin excluir a nadie; incluso los criados miraban al árbol como si fuese suyo, en cierto modo; el mismo Jonathan fue partícipe de la decoración por el mero hecho de encontrarse allí. Para ella, adornar el árbol era el acontecimiento que marcaba el comienzo de la Navidad.

Vincent se abstenía de contestar a Hale porque no deseaba que sus palabras, o el tono de las mismas, proporcionase ninguna pista acerca de su triste estado de ánimo. De todos modos, el vizconde parecía no percibir su aflicción, o en todo caso la dejaba de lado.

Jonathan sabía que Larissa ya no vivía allí, pues su padre había regresado para llevársela con él a no sabía dónde. No le agradaba la situación y, cada vez que visitaba al conde, como era el caso, comenzaba la conversación planteando la misma pregunta: ¿Todavía no la ha encontrado? Esa cuestión se había convertido en su saludo desde hacía una semana. La pintura, *La ninfa*, la verdadera razón de sus visitas, pasó a un segundo plano, sólo se mencionaba en escasas ocasiones. La prioridad establecida tácitamente era Larissa.

–Algunos de ellos fueron hechos por su madre, ya sabes –continuó Jonathan–, otros por sus abuelos y uno, el que más apreciaba de todos, fue tallado por un bisabuelo suyo. Parece que es una especie de tradición familiar esto de hacer adornos para los árboles de Navidad. Personalmente, se me ocurrió una idea bastante peregrina: tallar uno y entregárselo como presente navideño. Pero a Dios gracias, abandoné la idea a tiempo. No tengo talento para las tallas.

Por fin, Vincent se dignó a mirarlo.

–No hacemos progresos en la búsqueda del cuadro –informó Vincent con un suspiro, confiando en que la noticia le ayudase a deshacerse de la compañía del vizconde.

–Tampoco creía que los hubiese, amigo mío. Estas visitas ya son como un hábito para mí. No le importa, ¿verdad? Y, además, estoy decidido a animarle un poco.

–No necesito animarme.

–Por supuesto que no –objetó con sequedad–. Es usted el menos afectado por la marcha de la señorita Larissa. Es una pena que no se hubiese dado cuenta antes de cómo se estaba engañando a sí mismo en lo que a ella se refiere.

–Nunca antes me pareció usted un hombre que pudiese sacar conclusiones tan erradas, Jon.

–¿Todavía se empecina en engañarse? –Jonathan chasqueó la lengua–. ¿O es que trata de engañarme a mí?

–Váyase a casa –refunfuñó.

–¿Y dejarle aquí, mascullando toda esa miseria que le corroe? –dijo al tiempo que se dejaba caer sobre el sofá, al lado de Vincent–. No sé por qué, me viene a la memoria aquel viejo adagio: «La pena con compañía es menos pena». Es cierto, y lo sé porque a mí no me gusta tener que tragármela solo.

–Pero, bueno, ambos sabemos que Larissa no representaría para usted más que cualquiera de sus adquisiciones. No formalizó ningún compromiso con ella.

–Cierto, por eso mi dolor y el suyo son tan semejantes.

–Yo no estoy dolido.

–Vamos, está tan deprimido que no quiere ver ni la luz del sol –espetó Jonathan–. Admita que ha sido un tonto, más que tonto diría yo, al no aprovechar para comprometerse con ella cuando tuvo la oportunidad.

–No tiene ni idea de qué estaba ocurriendo aquí –le reprochó con vehemencia.

–Parece ser que no –concedió enarcando una ceja, y añadió–: ¿Y usted?

–¿Cómo ha dicho?

–¿De verdad no se dio cuenta de que estaba enamorada de usted? Hasta yo lo noté, y eso que hice todo lo posible por no reconocerlo. Después de todo, no concordaba bien con mis expectativas tentarla con mi fortuna. El verdadero amor, desgraciadamente, no tiene una etiqueta que especifique el precio.

–De verdad, no quiero hablar acerca de ello.

–¿Por qué no? ¿No se ha planteado hacer las cosas bien, y concederse una segunda oportunidad?

¿Una segunda oportunidad? Ni siquiera se le había ocurrido semejante posibilidad. Estaba haciendo el esfuerzo de encontrarla, de desvelarle toda la verdad, toda, pero no confiaba en lograr resultados positivos; quizás, en el mejor de los casos, sirviese para lavar su conciencia. Ya hacía una semana que se había ido, y no tenía esperanzas de volver a verla.

Tampoco creía que Larissa fuese a presentarse a la puerta de su casa para reclamar los adornos del árbol; ésa podría ser una oportunidad para verla y, por remota que fuese la probabilidad de que la muchacha hiciese algo así, quizás enviase a uno de sus criados a recoger los ornamentos. Pero ni siquiera había dado señales de ir a reclamar sus joyas, ni se había preocupado por saber de los muebles presuntamente desaparecidos. Cualquiera de esas opciones hubiese servido para darle una pista acerca de su paradero.

Había buscado en hoteles y posadas. Tenía a gente inspeccionando la ciudad, incluso rondando por las oficinas de la empresa de Ascot; el barco en el que George había regresado todavía estaba en el puerto, esperando licencia para atracar, lo cual indicaba que al menos el padre permanecía en Inglaterra. Nadie, ninguno de sus hombres encontró el menor rastro del naviero.

Jonathan, aparentemente cansado de esperar una respuesta, dijo suspirando angustiado:

–Tengo que confesarle algo.

–No, déjelo, no estoy de humor para confesiones –contestó Vincent sintiendo una profunda vergüenza.

–Pues debería –rezongó–, porque se lo voy a decir quiera o no. No he venido precisamente sólo para encargarle que buscara *La ninfa*; podría habérselo encargado a muchos otros que, por cierto, me hubieran cobrado bastante menos que usted. He venido porque me gusta, Vincent, me gusta su estilo, y el hecho de que nunca haya intentado aprovecharse de mí para obtener influencias, cosa que hace la mayor parte de la gente que conozco. Lo que quiero decir es que no tengo amigos, ni uno solo, al menos ninguno que lo sea de verdad.

–Tonterías, no hay lugar al que vaya y la gente no se apiñe a su alrededor.

–La inmensa mayoría no son más que sanguijuelas –lo interrumpió Jonathan disgustado–. No les intereso yo ni mis sentimientos, sino cómo sacar algo de dinero de mis bolsillos. Así ha sido desde que tengo memoria, pues, al fin y al cabo, nací rico.

–¿Por qué me cuenta a mí todo esto? –indagó incómodo.

–Porque confío, tengo fundadas esperanzas de que llegue a ser el amigo que nunca tuve –admitió el vizconde un poco sonrojado pero con tranquilidad–. Y, visto que las normas generales de convivencia no parecen funcionar con usted, recurro a la vieja máxima, ya sabe: las confidencias son la base para desarrollar amistades duraderas. Y, además, no parece que tenga amigos íntimos, ¿me equivoco?

–No –respondió, sin ver razón alguna para ocultarlo.

–Bien, ¿entonces?

–¿Todavía no se ha enterado de que soy bastante introvertido? –señaló Vincent.

–Por supuesto que sí, y precisamente ésa es una de las cosas que más me gustan de usted. Que venga por aquí no significa, necesariamente, que disfrute con ello, más bien es porque me siento terriblemente solo; quizá por eso busco compañía allá donde la haya, aunque sea la de un psicópata.

Vincent estaba empezando a sentirse incómodo con las confidencias de Jonathan, no tanto por la necesidad que parecía tener el vizconde de desahogarse con alguien, sino por la familiaridad de los sentimientos de los que hablaba. Nunca había pensado en los aspectos que ambos tenían en común, ni en que ambos necesitaban desesperadamente confiar en alguien lo suficiente como para sentirse cercanos a algo y, al mismo tiempo, no arriesgarse a resultar heridos.

–¿No siente lástima por mí, con todo lo que le he dicho? –preguntó Hale esperanzado.

–No.

–Maldita sea.

–Pero me gustaría invitarle a cenar esta noche.

Jonathan estalló en carcajadas.

22

Por alguna ironía de la vida, Larissa estaba sentada frente a un árbol de Navidad mientras Vincent, en su casa, hacía otro tanto. Como él, la muchacha se sentía sola, y recordaba el árbol adornado en casa del barón. Este, el que se alzaba ante ella, no era suyo, no estaba bien cuidado y tenía zonas marrones, un buen número de ramas tronchadas le conferían un aspecto deplorable y se le caían tal cantidad de agujas que los criados no hacían más que barrer la base del triste abeto. El árbol en cuestión pertenecía a los Applebee, unos buenos amigos de su padre, residentes todavía en Portsmouth, que los habían acogido; los Ascot emprendieron el camino de vuelta directamente desde casa de Vincent a su antiguo lugar de residencia. Larissa no olvidaba que no había considerado la posibilidad de acudir a ellos, sobre todo durante las aciagas horas transcurridas después de recibir la orden de desahucio, preocupada por el precario estado de salud de su hermano. Debería haber tomado en consideración la eventualidad de ir a Portsmouth, pues los Applebee estaban unidos con su padre por una sincera amistad, pero, desgraciadamente, hasta que no estuvo instalada en casa del barón no se acordó de ellos, y tampoco de varios amigos de la infancia, algunos de los cuales, sin duda, de buena gana les habrían ofrecido su casa. Desafortunadamente, llegado el momento, se olvidó, por decirlo de algún modo, de sus amigos, por la sencilla razón de que quería quedarse con Vincent.

Por supuesto, la enfermedad de Thomas también tuvo un papel decisivo en su decisión, al menos es lo que en ese momento se decía a sí misma. El niño no estaba en condiciones de realizar un viaje tan largo, y menos en pleno invierno, mientras era devorado por la fiebre. Aun así, podrían haberlo conseguido, podrían haber alquilado un carruaje preparado contra las corrientes de aire, y cubrir la distancia en el menor tiempo posible. En ese caso no se habría visto obligada a aceptar la hospitalidad del barón, y si su deseo de conocer mejor a Vincent no hubiese sido intenso, también podría haber considerado aquellas otras opciones; sin embargo, no quiso tenerlas en cuenta cuando llegó el momento.

Había transcurrido una semana desde su regreso a Portsmouth; Larissa había tenido tiempo para superar el trauma que le habían ocasionado los últimos acontecimientos. Lo peor fue descubrir que había sido un instrumento para llevar a cabo una venganza. Todo, absolutamente todo lo que creía de Vincent Everett era falso: no se había enamorado de una persona, se había enamorado de una falacia.

El mayor anhelo de su padre era consolarla. Por eso, cuando Larissa estalló en lágrimas, un llanto amargo y desesperado, decidió que la mejor terapia consistiría en evitar a toda costa discutir con ella, lo cual implicaba no mencionar al barón para nada. La muchacha se lo agradeció. No podía ni siquiera plantearse hablar de ello, el mero hecho de pensarlo la hacía llorar. El disgusto la sumergió en un estado de desesperación tal que en una semana apenas había podido hablar con su padre de nada.

Todavía no conocía las causas que lo habían forzado a retrasar su regreso a Londres durante tanto tiempo. En el caso de que su padre hubiese hecho mención al asunto, y así había sido en realidad, ella no le hubiese escuchado. Cuando la muchacha salía de su cuarto, todos los habitantes de la casa, criados incluidos, hablaban a escondidas haciendo conjeturas. Los Applebee eran buenas personas: si conocieran el origen del penoso estado en que se encontraba Larissa, la apoyarían sin dudarlo.

Sus anfitriones formaban una familia numerosa. Los cuatro hijos de William y Ethel estaban casados, tenían sus propios hijos, y todos visitaban a sus padres en fechas tan entrañables. La casa estaba repleta de gente y aun así, era tan grande que disponía de habitaciones extra para los Ascot y Thomas se encargaba de entretener a los miembros más jóvenes de la casa. Una bendición, lo de Thomas, porque a pesar de que el padre había tenido el buen gusto de no dar explicaciones acerca del abatimiento de su hija, su hermano hubiese hablado de ello con cualquiera que lo encontrase solo. Afortunadamente, con tanta gente en casa, era imposible que el niño se quedase a solas con alguien... hasta ese día, pues los nietos de William y Ethel regresaban a sus hogares aquella misma mañana.

Gracias a la marcha de familiares, Larissa dispuso por primera vez del salón para ella sola durante varias horas, sin tener que escuchar apenados susurros en torno a ella, ni intentos de animarla, cuando ella no podía animarse de ningún modo, aunque también tenía menos consuelo ahora que ya no estaba aturdida por el choque emocional. Era el momento de la introspección, la inseguridad y el miedo.

Una gran angustia se había apoderado de ella, lo cual no era de extrañar, y latía en su interior, a la espera. Vincent la había utilizado y engañado con tanta facilidad que se veía como la mujer más ingenua y más tonta del mundo y no le cabía duda de que así era. Poco faltó para que acudiera a él rogando que la engañara; todas y cada una de las tretas que intentó con ella habían funcionado a la perfección, y no porque estuviese acostumbrado a engañar a la gente, sino porque deseaba creer que se preocupaba por ella.

La desventurada creía firmemente que a Vincent le había repugnado tener que acariciarla y hacerle el amor despreciando como despreciaba a su familia. En esos momentos, él estaría riéndose de lo fácil que le había resultado hacer que sucumbiese a sus artes seductoras y sus subterfugios. Todo lo que había ocurrido entre ellos era una mentira, todo lo que sabía de él, era mentira...

–Voy a Londres, ¿quieres esperar aquí mi regreso?

Era la voz de su padre entrando a la habitación. Al menos esta vez lo oyó a la primera. Le vinieron a la cabeza las numerosas ocasiones durante aquella semana en las cuales su padre había tenido que agitar la mano para sacarla de su ensimismamiento y captar su atención.

–¿Cuándo se va, padre?

–Esta misma mañana.

George Ascot estaba buscando una vivienda propia, tenía un vago recuerdo de haber tratado el asunto antes, quizá la noche anterior, durante la cena. Si iba con él, tendrían que alquilar una habitación en un hotel, si se quedaba, su padre podría alojarse en la oficina. No tenía razones de peso que justificaran el gasto de una habitación, y prefirió quedarse. Decidió no viajar; ignoraba la situación económica de su padre, pero le parecía recordar una breve conversación mantenida con él en la que le aseguraba haber encontrado nuevos mercados en el Caribe, y que no debía preocuparse por ello.

–Yo me quedo, padre.

–¿Te encuentras mejor? –preguntó con un profundo gesto de preocupación.

Su hija hablaba con un tono confuso, y su expresión abstraída y lejana ya comenzaba a preocuparlo seriamente, pero no le pareció adecuado plantear la situación en ese momento.

«Mejor cuando se haya repuesto», pensó.

–Un poco de distracción nunca viene mal... –apostilló con una cariñosa sonrisa.

–Padre, yo no estaría en esta situación de haber sido consciente de todos los problemas que teníamos últimamente. ¿Sabe una cosa? Todavía no sé qué le pudo retrasar durante tanto tiempo su regreso –interrumpió Larissa–. Cada vez que me he acordado de preguntárselo, usted no estaba conmigo y se me olvidaba hacerlo cuando le encontraba. Seguro que Thomas y el resto lo saben; seguro que también me lo contó a mí, pero no lo recuerdo.

–Y no una vez, sino tres –convino su padre, riéndose entre dientes, y luego añadió, sorprendido–: Maldita sea, nunca llegué a imaginar que algún día podría reírme de tan malhadado viaje.

–¿Un viaje desafortunado?

–Sí, desde el instante en que penetramos en las cálidas aguas de las Antillas. La primera isla que encontramos no era una de las más importantes, pero era igual, todos nos alegrábamos de pisar tierra firme, así que decidí atracar la nave allí mismo y, tan pronto como desembarcamos, nos vino a recibir el jefe del puerto acompañado de la guarnición y nos acusó de haber atacado una plantación situada en las inmediaciones. Además, estaba allí el propietario, inventándose la truculenta historia de que habíamos quemado su casa hasta los cimientos, graneros y establos incluidos, y que nuestro navío había continuado durante bastante tiempo escupiendo fuego sobre su propiedad desde la costa sin, por supuesto, razón alguna.

–¿Alguien le hizo eso?

–Parece ser que no, pero claro, Peter Heston era un venerable y respetado miembro de aquella comunidad y nadie hubiese dudado de su palabra; mientras que, tanto mi tripulación como yo éramos unos perfectos desconocidos que muy bien podríamos ser piratas. Nos declararon culpables antes de celebrar tan siquiera un juicio. Bueno, en realidad sí lo hubo: una farsa con Heston como protagonista, donde describió una y otra vez su delirante historia. Sin más testigos que ese, fuimos condenados a prisión.

–¿Prisión? –preguntó con un hilo de voz–. ¿Me está diciendo que le encerraron en prisión, padre?

–Sí –replicó–. Y sin posibilidad de remisión, pues toda la isla nos creía culpables.

Larissa se estremeció al pensar en la terrible experiencia que había debido suponer para su padre y el resto de la tripulación ser encarcelados. Su progenitor jamás había sido arrestado, ni sufrido castigos físicos, al menos que ella supiese, ni sabía de tales situaciones, pues era un hombre bueno y honesto incapaz de cometer un delito que lo llevase a prisión.

–Pero si usted era inocente... –pensó en voz alta, más que dijo.

–Ya, y las armas de nuestro barco estaban lo bastante frías como para demostrarlo.

–¿Cómo pudieron arrestarle entonces, y luego llevarle a juicio? –preguntó con el ceño fruncido, claramente confundida.

–Porque la prueba de nuestra inocencia requería un peritaje inmediato, lo cual no ocurrió –explicó.

–¿La revisión de las armas?

–Exacto.

–¿Y por qué no se realizó?

Larissa no comprendió cómo su padre pudo reírse entre dientes antes de contestar:

–Probablemente, porque estábamos a punto de ser linchados por la chusma. Verás, fondeamos a media mañana y, por alguna razón, la gente que vio a la guarnición encaminarse al puerto, decidió acompañarla. Sea como fuere, allí se reunió una multitud a esperarnos, y la voz de Heston lanzando acusaciones se podía escuchar sobre todas las demás. Comprensiblemente, el magistrado decidió acabar con aquello cuanto antes, cosa que le obligaba a encarcelarnos a todos, como en efecto sucedió.

–¿No podría haberse tomado unos minutos para comprobar el armamento del barco?

–Como te he contado, la situación era realmente tensa, Rissa. No sólo estaba Heston arengando a la masa, también acudieron otros propietarios que pensaban, y con toda la razón, que podrían haber sido sus casas las destruidas. Y cuando se toca un asunto tan personal, ya sabes que se exaltan las emociones. Corríamos el grave peligro de que la muchedumbre se tomase la justicia por su mano. Francamente, reconozco que me sentí aliviado cuando nos pusieron entre rejas hasta que se aclarara el asunto. Sabiéndonos inocentes, no nos cabía duda de que el tiempo se encargaría de aclararlo todo, por eso estábamos más preocupados de aquella furiosa turba que de los cargos que pudiesen presentar contra nosotros.

–Sí, supongo que la amenaza directa os preocuparía más –asintió–. Pero ha dicho que la casa de ese hombre en realidad no se quemó hasta los cimientos. ¿Por qué no les pusieron en libertad después de que se descubriese eso?

–No, yo dije que nadie le había hecho eso –corrigió su padre.

–¿Acaso incendió su propia casa? –Larissa parpadeó confusa.

–Pero eso no salió a la luz lo bastante pronto como para sacarnos de la prisión –dijo asintiendo con la cabeza–. Entonces el magistrado se encontró con dos declaraciones contradictorias acerca del mismo caso. ¿A quién crees que estaba inclinado a creer?

–A Heston, sin duda.

–Exacto. La plantación de aquel hombre había sido devorada por las llamas, pero nosotros no disparamos los cañones de nuestro barco. Se investigarían esas declaraciones en cuanto nos hallásemos en la seguridad de la cárcel. Pero entre llevarnos a la prisión y dispersar a la multitud pasó demasiado tiempo; el caso es que no investigaron inmediatamente si nuestras armas estaban calientes o no por el uso; había una plantación arrasada y las pruebas de la acusación se basaban en la palabra de un conocido ciudadano.

–¿Al final, cómo se supo la verdad? –preguntó Larissa, negando con la cabeza.

–Pues cuando la mujer de Peter Heston regresó a la isla. Ella estuvo presente el día en que su marido se volvió completamente loco. Sabía desde hacía mucho tiempo que su esposo no estaba bien de la cabeza, pero nunca advirtió a nadie de ello pues su conducta, si bien extraña, nunca había supuesto ningún peligro. Aquella mañana, declaró ella, lo encontró prendiendo fuego a la hacienda. Heston deliraba, decía que había piratas ocultos en su propiedad y que la única manera de espantarlos era destruir su escondrijo quemando completamente la hacienda.

–¿Acaso había alguno?

–No, eran figuraciones suyas. La mujer trató de detenerlo, pero él ni siquiera la reconoció. En realidad pensó que era uno de los piratas y trató de matarla.

–Tuvo que ser horrible para ella.

–Desde luego. Al final logró escapar del modo más rápido posible. Vivían en la costa y tenían su propio embarcadero, con una pequeña embarcación que Heston usaba para salir a pescar; ella la usó. Se hizo a la mar y en vez de ir a la ciudad en busca de ayuda, abandonó la isla.

–Creo que si hubiese estado en su lugar también hubiese preferido hacerme a la mar, donde no pudiese encontrarme, antes que permanecer en la isla, donde sí me hubiese podido encontrar.

–Sí, supongo que tienes razón. Nunca me detuve a contemplarlo desde su punto de vista, sino desde el mío, para mí, ella tardó una eternidad en regresar. Hubiese preferido que fuera directamente a la ciudad a denunciar el caso, así mi tripulación y yo hubiésemos estado fuera de sospecha. Claro, se asustaría tanto al ver que su marido no la reconocía, la llamó pirata e intentó matarla, que sólo pensó en alejarse lo más posible de él.

–¿Adónde fue?

–Tenía una hija fruto de un matrimonio anterior que vivía en una isla cercana. Desgraciadamente la hija no se hallaba en casa, había ido de viaje al continente a comprar.

–¿Ha dicho desgraciadamente?

–Sí, porque fue la hija la que la convenció de que regresase para conseguir ayuda para Heston, que ya se había vuelto total y absolutamente loco, antes de que hiriese a alguien. La mujer había pensado sólo en su propia seguridad y eso implicaba no volver nunca a su casa. Por eso pasó mucho tiempo antes de que regresara y se conociese la verdad.

–¿Por qué no hubo nadie más que sirviese de testigo del incendio y de su causa? ¿Acaso no tenía criados?

–Ésa fue una de mis preguntas y me contestó un carcelero, por cierto. Era de sobra conocido que Heston había obtenido malas cosechas durante tres de los últimos cuatro años. Otros propietarios de plantaciones de la zona también sufrieron las mismas condiciones climáticas, pero el problema no fue el tiempo; al menos no lo fue durante esos tres años tan poco fructíferos. El problema consistía en el deterioro que sufría Heston. Simplemente, no atendía sus cultivos adecuadamente pues en realidad no vivían de ellos a causa de tan malas cosechas. Los trabajadores de la plantación eran temporeros y no había ninguno por allí en esa época del año, el servicio doméstico se había marchado hacía unos años y los Heston vivían en el extremo oriental de la isla, sin vecinos por los alrededores.

–Es asombroso que, aun así, pueda reírse de tal desventura.

–En realidad no pasamos muchas penurias en aquella prisión. –Su padre le dedicó una amplia sonrisa–. Lo que sí me extrañó fue no encontrar a nadie más allí. El lugar había permanecido cerrado durante años; tuvieron que reabrirlo y limpiarlo sólo para nosotros. Incluso hubo una discusión acerca de mantenernos o no en aquella cárcel, aunque al final decidieron que las instalaciones eran suficientemente grandes como para contener a toda la tripulación del barco.

–¿Tan pequeña era la isla?

–Para que te hagas una idea, sería como uno de nuestros municipios donde todo el mundo se conoce y eso mantiene el nivel de criminalidad muy bajo. Años atrás habían remodelado un antiguo fortín militar en desuso, ésa era la única razón por la que tenían cárcel en aquella isla. Al menos fuimos alimentados durante la temporada que estuvimos allí, y no sufrimos maltrato alguno. Lo peor de todo fue el aburrimiento, nuestros carceleros aún tenían que decidir qué hacer con nosotros, la indignación y la desesperanza. De hecho, pasamos la mayor parte del tiempo planeando una fuga, y lo hubiésemos conseguido de habernos forzado a pasar más tiempo allí.

–¿Qué pasó con Peter Heston?

–Verás, se puso hecho una furia cuando vio a su esposa en la ciudad demostrando a todo el mundo lo perturbado que estaba. Lo trasladaron a otra isla donde hay una institución religiosa que se ocupa de ancianos y desequilibrados mentales. Vivirá el resto de sus días bajo los cuidados de las monjas.

–¿Y los ciudadanos que os encarcelaron, lo hicieron basándose en la palabra de un hombre?

–Oh, se mostraron muy arrepentidos, tanto que nos concedieron la franquicia de los derechos de navegación para comerciar con sus cosechas durante los próximos cinco años.

–¿Cree que eso es compensación suficiente? –preguntó Larissa enarcando una ceja ante la amplia sonrisa de su padre.

–A duras penas –dijo riendo entre dientes–. Sobre todo después de descubrir que la isla estaba decayendo por estar tan apartada de las rutas de navegación, que apenas había barcos que llegaran a sus costas.

–Luego, usted será, padre, quien los beneficie a ellos si acepta comprar sus cosechas –señaló enfurruñada.

–Cierto, pero también satisface mis objetivos –replicó George Ascot–. Probablemente tendré que comprar uno o dos barcos más para cubrir la isla entera, ahora que sé que dispongo de nuevo de mis antiguos mercados.

Larissa hubiese deseado que la conversación no derivase indirectamente hacia los Everett pero lo que no podía ignorar era que si Albert Everett no hubiese obligado a su padre a buscar nuevos mercados en las Antillas al robarles sus antiguas plazas, él no hubiese estado en prisión, no hubiese tenido que abandonar Inglaterra, no habrían perdido su casa... y no habría conocido a Vincent.

–Me alegro de que pueda encontrarle el lado divertido a todo esto –dijo amargamente–. Yo no. Yo pensaba que usted había muerto, creía que nada más hubiera podido mantenerle lejos de casa durante tanto tiempo. Me imaginé naufragios, horribles tormentas, e incluso piratas. Nunca me hubiese figurado que estuviese en una prisión, pues sabía que jamás haría nada que fuera contra la ley.

–Déjalo estar, Rissa –aconsejó, rodeándola con los brazos–. Ya se acabó todo. Estoy en casa, sano y salvo, incluso beneficiado por los contratiempos del viaje. No te preocupes por mí.

–No lo estoy. Con quien estoy furiosa es con los Everett, por cometer una injusticia tan grande con nosotros y que no hayan pagado por ello.

–Sé cuán absurda es la venganza.

–Lo sé –suspiró.

–Y tú no estás hablando de los Everett en general, sino de Vincent Everett en particular. Su hermano, al parecer, encontró la justicia por sus propios medios.

23

Albert no estaba muerto.

Vincent tardó un tiempo en asimilarlo. Pensó que era un chiste, una broma cruel. Incluso llegó a pensar que era cosa de George Ascot. Después de todo ¿habría algo mejor para absolverlo de cualquier fechoría, que divulgar la información contenida en la carta que le entregaron a Vincent, que señalaba que Ascot era inocente? Además, fue entregada en mano por un marino. No había pruebas de que Albert hubiese escrito esa carta; incluso su firma podría ser una falsificación.

Pero esa sospecha no duró mucho tiempo. La carta era de Albert; imposible imitar su tono a no ser que se le conociera perfectamente. Además, hacía referencias a temas que Ascot no podría conocer a no ser que hubiese leído la carta anterior.

Albert no estaba muerto.

Hubiese sido una noticia embriagadora, de no ser por la incredulidad que producía. La carta contenía una confesión que revelaba que la otra carta estaba llena de excusas y mentiras. Ahora colocaba la culpa donde correspondía, en él mismo. Sin disculpas, sin insinuaciones acerca de una posible intención de suicidio. Albert no era consciente de que lo había hecho en su misiva anterior; no tenía ni idea de que Vincent pudiese haber recogido el guante en su nombre.

> Sé que esperabas no volver a recibir noticias mías nunca más. Estaba bastante confuso cuando te escribí aquella carta de despedida; recuerdo vagamente que escribí que nunca regresaría, y eso no ha cambiado. No tengo el menor deseo de volver a Inglaterra, donde me siento un incompetente entre mis iguales. Aquí donde vivo ahora, todos nos hallamos en igualdad de condiciones. Hasta un mendigo puede salir adelante sin ayuda de nadie y comenzar una nueva vida, que es lo que he hecho.
>
> Creí que te gustaría conocer los progresos que he obtenido reorgani-

zando mi vida. Y quizá también esperes una explicación que muestre los hechos tal cual son, cómo llegué al completo fracaso.

Es muy duro compararse contigo, hermano. Todo tú eres un éxito, todo lo que tocas se convierte en oro. Sé que no necesitaba haberme comparado contigo, pero lo hice, y ése fue mi error. El éxito no me llegó con la presteza deseada, por eso intenté forzarlo. Cuando mi estrategia no funcionó comencé a beber, cada vez más, y ésa fue la verdadera razón de mi perdición.

Me metí en algo donde la mitad de las veces no sabía qué estaba haciendo. Contraté a capitanes que no eran precisamente personas honestas. Se decía de uno de ellos que había sido pirata en sus años jóvenes pero como prometió hacerme rico, no hice caso de los rumores. Permití que me aconsejase. Todo lo que me decían sonaba razonable, al menos así me lo pareció cuando me hallaba confuso. Y ellos vivían con la idea equivocada, idea que yo les proporcioné, por supuesto, de que me respaldaban fondos ilimitados. Bien, ya sabes que algunas estrategias mercantiles funcionan donde otras fracasan.

No estoy disculpándome. Eso es algo que llevo haciendo toda la vida, pero se acabó. Mi fracaso fue la culminación de un gran número de decisiones desafortunadas, todas ellas mías. Nunca debí haber comenzado en algo en lo que no tenía experiencia alguna. Por eso cuando mi proyecto comenzó a malograrse, caí en un estado de autocompasión que me llevó a la bebida, en vez de buscar un remedio adecuado para mi situación. Por aquel tiempo le echaba la culpa a todo el mundo, incluidos otros armadores, pues no era capaz de afrontar el hecho de que no supiese qué estaba haciendo. Así que alguien debería ser el culpable, no yo. Es infantil, lo sé, pero al menos ya soy capaz de reconocerlo.

Abandoné Inglaterra presa del pánico, por supuesto. Creo que algo así te indiqué en mi carta, aunque debo confesar que no recuerdo todo lo que te escribí. Irónicamente, ninguno de mis dos barcos se hallaba fondeado en el puerto cuando deserté, por lo que subí como polizón a otro. Me descubrieron el primer día que estábamos en alta mar y me obligaron a trabajar fregando las cubiertas. Al menos no me arrojaron por la borda en pleno océano.

No he bebido una gota de alcohol desde que dejé Inglaterra, ni quiero. Llegué completamente arruinado a América y se me presentaban dos opciones: lamentarme o buscar un empleo. A pesar de mi orgullo, que estaba completamente destrozado mientras estuve fregando el barco de rodillas, encontré un trabajo como ayudante de panadero. Un tipo agradable, el panadero. Se hizo cargo de mi tutela, me enseñó el oficio e incluso habla de expandirse ahora que soy un experto con los hornos. Y no me importa decir que mis bollos tostados te harían la boca agua.

No espero hacerme rico. Ya no tengo ese acuciante deseo. Ahora me doy por satisfecho con un día de trabajo y el salario. Incluso he recuperado el orgullo, gracias a los elogios de nuestros clientes.

Espero que recibas esta carta antes de Navidad, y te deje una sonrisa y la seguridad de que ya nunca más tendrás que preocuparte a causa mía. Mi regalo es que ese hermano tuyo que era un chiquillo, ya ha crecido. Espero recibir noticias tuyas, Vincent. Tú eres lo único que extraño de Inglaterra.

La carta era un bonito regalo, pero podría haber sido mucho mejor si hubiese llegado antes de Navidad, como pretendía Albert, antes de que Vincent se enfrentase a George Ascot con lo que él pensaba que era la verdad. Tampoco es que fuera a presentar sus excusas. Había estado errado en sus creencias, así como en buscar venganza, sobre todo cuando, como le dijo Ascot, una pequeña investigación podría haber desvelado discrepancias con las acusaciones que había vertido su hermano.

Una vez más se hallaba envuelto por la culpa, y no sólo por haberle fallado a su hermano. Albert había logrado caer de pie y se defendía admirablemente bien en la vida, mientras que Vincent debía encarar sus propias limitaciones. Había hecho daño a una familia inocente, los había ofendido gravemente y no estaba seguro de cómo podría enmendarse, si pudiese. Devolverles lo que les había quitado no sería suficiente para él. Nada iba a ayudarlo, pues en su precipitado compromiso había terminado hiriendo a la mujer que había empezado a amar.

24

Por fin encontraron a George Ascot. Dos días antes de la llegada del Año Nuevo apareció por la oficina que su empresa tenía en Londres. Pasó la noche allí, lo que permitió a Vincent preparar un sistema de vigilancia permanente para seguirlo cuando Ascot abandonase el edificio; también le daba la oportunidad de hablar con él en privado.

Debía excusarse, tanto si aceptaba sus disculpas como si no. Al menos quería asegurarle que la *vendetta* había terminado, aunque no esperaba que una visita mitigase su sentimiento de culpa. Tampoco lo haría explicar las razones que lo habían impulsado a actuar de ese modo o a plantearse el perdón, pues no era capaz de perdonarse a sí mismo.

La oficina estaba cerrada cuando llegó. Vincent había elegido la hora más temprana posible, antes del amanecer, cuando el oficinista aún no hubiese comenzado su jornada. Sabía perfectamente que sorprendería a Ascot durmiendo, pero así tendrían asegurada una cierta privacidad.

George no estaba durmiendo, pero tampoco se mostró muy receptivo con su visitante. Abrió la puerta, le echó un vistazo a Vincent y se dispuso a cerrarla de nuevo.

–Sólo le pido que me conceda un instante –rogó Vincent.

–Un instante es demasiado largo para que me contenga sin pegarle.

La expresión del rostro de George decía que no estaba exagerando. Parecía realmente furioso y, siendo un hombre corpulento como era, muy bien podría dar una paliza a Vincent, aunque éste se defendiese. El sentimiento de culpa no le permitiría defenderse, pero tampoco los golpes le ayudarían a quitárselo de encima; así que prefería hablar a pelear.

–Estoy aquí para presentar mis disculpas y ofrecer una explicación. Aunque esto último sea más en mi propio beneficio que en el suyo.

–¿Una disculpa sabiéndome culpable?¿O acaso ha averiguado usted que no soy el villano por el que me tomaba?

–Comencé con la intención de arruinarle. Ojo por ojo. No tengo disculpa alguna por ello, a no ser que creía firmemente que usted era indirectamente responsable de la muerte de mi hermano. Pero usted estaba en lo cierto cuando señaló que me descuidé a la hora de verificar los hechos. Ahora ya conozco la verdad.

–Pero no por mí –dijo amargamente–. Usted se negó a creerme.

–¿Hubiese aceptado usted la palabra de un desconocido antes que la de su hermano?

–Si hubiese tenido un hermano tan pusilánime, quizá sí –contestó George.

Fue el tono de desprecio de su voz, más que las palabras en sí, lo que hizo que Vincent se sonrojase de vergüenza.

–Era débil, cierto, pero no se le tenía por mentiroso. No obstante, estaba algo confuso cuando redactó su carta de despedida, tanto que ni siquiera recuerda exactamente qué escribió en ella. Y debo reconocer que él no sospechaba que yo pudiese haber interpretado mal sus intenciones y buscase venganza en su nombre.

–¿No lo recuerda? ¿Me está diciendo que no se suicidó?

–Acabo de recibir otra carta, una mucho más sensata esta vez. Se ha establecido en América, y carga sobre sí la responsabilidad de su fracaso aquí, en Inglaterra.

–Lo cual le habrá persuadido de que ha tomado venganza contra la persona equivocada.

–Dada la información con la que contaba, no estaba dispuesto a que usted se saliese con la suya sin pagar las consecuencias, pues se había propuesto acabar con un competidor, quizá lo arruinó más de lo que pensaba, pero lo logró, al fin y al cabo. Y como la base de mi información era desacertada... sí, me convertí en el malo a causa de mis equivocadas convicciones. Por eso le pido humildemente disculpas, y enmendaré todos mis errores si se digna aceptarlo. Comenzaré con esto.

Le tendió un paquete de documentos.

–¿Qué es? –preguntó escéptico, tomando los papeles.

–La escritura de su casa, puesta a su nombre; todas las deudas están pagadas. También consta la dirección del lugar donde hemos almacenado sus muebles. Por supuesto, he desmentido los rumores sobre sus dificultades económicas; su presencia en Inglaterra, además, corrobora la falsedad de los mismos. Si tuviese alguna dificultad en cuanto a esto...

–Ya lo arreglaré yo.

–Como guste –replicó Vincent, cayendo en la cuenta de que estaba insultando a aquel hombre al insinuar que no podría hacerse cargo de la situación–. Simplemente, no quisiera que tuviese que molestarse en corregir mis errores, en el caso de que hubiese pasado por alto alguno, cosa que podría ocurrir.

–Si quiere enmendar sus acciones, hágalo manteniéndose apartado de mí y de mi familia para que podamos olvidar que existe. Lo que me ha hecho a mí es más o menos discutible, pero lo que le hizo a mi hija...

–No tiene nada que ver con esto.

–¿De verdad espera que me lo crea?

–La verdad es que, si no hubiese comenzado con esto, no hubiese conocido a Larissa. Desde el momento en que la vi, sentí algo que estaba más allá de cualquier cosa que hubiera experimentado anteriormente. Admito que me engañé a mí mismo, pues ella me estaba prohibida según las normas habituales. No podía casarme con ella porque era su hija, la hija de mi enemigo. Ni siquiera podía pensar en hacerla mía. Pero entonces la venganza se convirtió en una simple excusa para no hacer caso de los dictados de mi propia conciencia acerca de ello.

–¿Está hablando de la inocente muchacha de la que se aprovechó?

–Estoy hablando de la mujer a la que amo. Sólo es una muchacha ante sus ojos, señor. Y si usted no hubiese regresado cuando lo hizo, yo habría desplegado todos mis medios para conseguir el único objetivo que de verdad me importa ahora... le hubiese suplicado que se casase conmigo.

–Sería conveniente señalar que no se casará con usted –contestó George, resoplando escéptico–, pues lo desprecia por lo que le hizo.

–No es que sea conveniente, es que el descubrimiento llegó demasiado tarde –suspiró con resignación–. Incluso en Nochebuena todavía no había caído en la cuenta de cuánto la amaba. Hice todo lo posible para mantenerla en mi casa, le mentí, la engañé sólo para lograr que no me abandonase.

–¿De verdad admite usted eso?

–Sí. Todavía estaba convencido de que el matrimonio no era una opción. Lo veía como una traición hacia mi hermano, por así decirlo. Pero la mañana del día de Navidad ella quiso saber si mis intenciones eran honorables, como ella había supuesto, o no, porque, de no serlo, ella me dejaría. Entonces supe que la venganza no tenía sentido alguno frente a la posibilidad de perderla, pero antes de que pudiese hacérselo saber, apareció usted.

–Parece como si hubiese llegado a esas conclusiones durante nuestra discusión.

–Mi enfado hacia usted se interponía.

–Lo consideraré una fortuna para mi familia –replicó con fría formalidad–. Ahora, si ha terminado, lord Everett, no creo que tengamos más que decirnos.

–¿Me permitirá ver a su hija? También le debo una disculpa.

–Ella se merece cierto descanso en todo este asunto. ¿Acaso no se da cuenta de lo destrozada que ha quedado por culpa de sus revelaciones? Está comenzando a recobrarse. Manténgase apartado de ella.

25

¿Estar alejado de ella? Vincent no podría. Le hubiese gustado obtener el permiso paterno para acercarse a ella, pero tenía que verla, con o sin autorización. Pero, como ella no regresó a Londres, no pudo ir a verla.

George volvió a instalarse en su antiguo hogar, mandó trasladar sus muebles, los colocaron de nuevo en su lugar y la casa volvió a llenarse de sirvientes. Estuvo bastante atareado con las responsabilidades de su trabajo, que requerían su atención tras una ausencia tan prolongada, y también visitó a todos aquellos comerciantes que tanto se habían inquietado con las insinuaciones de que hubiese abandonado Inglaterra.

Los informes que recibía Vincent indicaban que los comerciantes le estaban pidiendo perdón a Ascot casi de rodillas. Algo nada extraño viniendo del gremio de mercaderes, que dependen de la buena voluntad de sus clientes. Tanto si George los perdonaba como si no, era un asunto de escasa importancia para Vincent. Los hombres que había mandado para seguirlo le informaban de sus movimientos en general, pero ninguno se aproximó a él lo suficiente como para estar al tanto de sus conversaciones.

Al final de año, la casa unifamiliar que había permanecido vacía volvía a ser un hogar, pero un hogar sin hijos; al menos, Thomas y Larissa no habían regresado todavía. Vincent comenzaba a preocuparse por que Larissa no volviese nunca, y por culpa suya además. Aquello no era un temor infundado. George podría haberle hablado de su encuentro y de su deseo de volver a verla. No presentarse en Londres bien podría ser la respuesta. Por eso, cuando George partió de Londres, Vincent lo siguió de cerca.

Resultó que el destino de su viaje era Portsmouth. Vincent no se sorprendió en absoluto; en realidad, ya había ordenado buscar en fondas y hoteles de la ciudad, pues sabía que era allí donde vivían los Ascot antes de establecerse en Londres. Por supuesto, sus pesquisas no tuvieron éxito. Pero obtuvo cierta información acerca de los Applebee; al día siguiente llamó a su puerta sabiendo que eran viejos amigos de los Ascot.

No se le negó la entrada. Muy bien podría haber sido así, pero no fue el caso. Al parecer, el mayordomo de los Applebee no había recibido la orden de impedirle la entrada, o quizá los Ascot tampoco esperaban que apareciese por Portsmouth. Y aunque él no tenía esperanzas de ver a Larissa, le dijeron a la muchacha que estaba allí; entonces la decisión de aceptar o declinar su visita era asunto de ella. Pero fue afortunado...

Larissa se detuvo a medio camino escalera abajo cuando vio que el mayordomo conducía a Vincent hasta el salón. No quería volver a hablar con él, nunca. Pero hubiese sido una cobardía apresurarse a volver a su habitación y, además, su enojo no se lo hubiese permitido. Esta vez no estaba ofuscada por la impresión: su enfado la empujó hasta el pie de la escalera, adonde él se había dirigido nada más verla.

Pensaba darle una bofetada tan fuerte como pudiera. Una acción vale más que mil palabras, y así no habría malentendidos acerca de sus sentimientos hacia él, pero no lo hizo. Al situarse tan cerca, fue capturada por el brillo dorado de sus ojos; luego se sintió atrapada durante unos instantes que se le antojaron larguísimos, mientras su cuerpo reaccionaba con una miríada de sensaciones diferentes al hallarse de nuevo tan cerca de él.

Buen Dios, ¿cómo era posible que todavía se sintiese atraída por él? ¿Cómo podía desearlo aún, cuando lo despreciaba más allá de lo razonable? Cuando la mano de Vincent se alzó hasta su mejilla, las rodillas estuvieron a punto de fallarle. Su caricia era inminente y desbarataría su resolución, haciéndola olvidar brevemente por qué no quería volver a verlo nunca más.

–Larissa...

–¡No me toques!

Saltó hacia atrás y estuvo a punto de tropezar con los escalones.

Tenía el pulso acelerado; había estado tan cerca de él que sus reflejos casi no llegaron a detenerlo.

–No vuelvas a tocarme –repitió con un tono calmado pero mordaz–. Lo usas como una estrategia para doblegarme, pero ahora estoy sobre aviso y no seré...

–Larissa, cásate conmigo.

–Me lo pides cuando es demasiado tarde –contestó con los ojos repentinamente húmedos.

–Lo sé, pero no pedírtelo sería un reproche más que añadir a los anteriores.

Debería haberse dado la vuelta dejándolo allí, debería no haber hecho caso del dolor que asomaba a los ojos de él, que le estaba desgarrando el corazón. El hecho de que no fuese capaz de alejarse de él la enfurecía mucho más, y eso se reflejaba en su tono.

–Nada de lo que puedas decir enmendaría lo que has hecho; entonces, ¿por qué obligarnos a pasar por todo esto?

–Porque quiero hacer borrón y cuenta nueva y todavía existen cosas que desconoces y debo confesarte antes.

–No me preocupa lo que necesites hacer o no.

–Escúchame, al menos. No te robaré mucho tiempo y, en realidad, lo que voy a decirte es más leña que echar al fuego. He de confesarte las mentiras que te he contado y el porqué.

–Ya me he dado cuenta de que todo lo que me has dicho no son más que embustes –replicó–. No hay necesidad de que me lo confirmes.

–Sí, casi todo –dijo con un suspiro.

Larissa tuvo la sensación de que él quería acariciarla de nuevo. ¿Acaso experimentaba él ese mismo impulso, algo casi irresistible? Muy bien, quizá a él no le hubiera repugnado tocarla, ni se había reído de lo fácil que le había resultado seducirla. Quizás esa poderosa atracción en realidad era mutua. Pero eso no cambiaba nada: él la había utilizado para atacar a su padre: no había dudado en pisotear a un inocente para lograr sus objetivos.

Probablemente había llegado hasta allí guiado por el sentimiento de culpa; Larissa entendía cómo podría sentirse en ese momento, pero no le importaba. Ya había mostrado compasión por un hombre que no la merecía, y mitigar su culpa sólo revertiría en su propio beneficio. Él no le había causado nada más que dolor cuando se lo explicó todo, cuando supo cómo la había utilizado.

–Haz tu confesión, pero, por favor, procura ser breve. –De nuevo, las palabras salieron antes de que pudiese contenerlas.

Asintió y sonrió ligeramente. Vincent tuvo que meterse las manos en los bolsillos para evitar tocarla.

–La mentira comenzó desde el principio. Te llevé a mi casa porque te quise desde el primer instante en que te vi. Eso no tuvo absolutamente nada que ver con tu padre: a él podría haberlo encontrado muy fácilmente en su oficina cuando regresara. Afortunadamente, no señalaste esa posibilidad cuando mencioné la conveniencia de tener una dirección donde pudiese localizarlo.

–Aquella noche estaba demasiado disgustada como para pensar en nada –alegó Larissa en su defensa.

–Eso era bastante obvio y conveniente para mí, porque estaba tan prendido de ti que tampoco podía pensar con claridad y probablemente no habría sido capaz de idear una excusa mejor para llevarte a mi casa, pero aquélla surtió efecto y te trasladaste. Entonces tuve que hacer frente al dilema de mantenerte bajo mi techo la mayor cantidad de tiempo posible, pues no soportaba la idea de que me negases pasar un día más contigo, cuando ya había aceptado el hecho de que el tiempo para estar juntos era limitado y terminaría una vez que tu padre regresase de su viaje. La solución fue mantenerte sin fondos, o al menos sin lo suficiente para cubrir tus necesidades.

–¿Qué necesidades?

–Mencionaste que tu hermano necesitaba atenciones, y yo puse un médico a tu disposición. Su visita no era la revisión anual que te dije: lo llamé expresamente para atender a tu hermano.

–Un gesto de consideración por tu parte no excusa que...

–Rissa, no fue ningún gesto de consideración. Trataba de evitar que vendieses alguna de tus posesiones para poder pagar a un médico y que te encontrases con dinero en efectivo suficiente como para buscar alojamiento en cualquier otra parte. Para asegurarme todavía más de que no venderías nada, me inventé el pretexto de guardar tus joyas bajo llave. Todos mis criados son de total confianza.

–¿Y si te hubiera pedido que me las devolvieras?

–La llave de mi caja habría sido convenientemente... extraviada... por mí.

Ante esta confesión, a Larissa se le ocurrió otra pregunta:

–Nunca existió ese ladrón en el almacén donde estaban guardadas el resto de mis propiedades, ¿verdad?

–No. Simplemente ordené trasladar a otro lugar cualquier objeto de valor, por si acaso querías ir allí y ver lo que habían dejado. Todo te sería devuelto, por eso hice mención expresa de mi intención de buscar a los ladrones: así quizá no te preguntases por qué se habían recuperado los bienes con tanta facilidad. Robar a tu familia no entraba en mis planes.

–No, sólo arruinarla a conciencia.

La amargura de su tono era tan densa que podía cortarse con un cuchillo; Vincent frunció el entrecejo.

–¿Te has propuesto no ver que son dos asuntos que no tienen relación? –preguntó él.

–Casi no la tenían, hasta que lograste cumplir dos objetivos en uno...

–Desde el preciso momento en que entraste en casa –la interrumpió– olvidé completamente la cuestión de tu padre. Yo vivía y respiraba por ti. Eras tú quien ocupaba todos mis pensamientos. Todas las cosas que hice estaban destinadas a conquistarte, pero me convencí de que el único modo que tenía de conseguirlo era con el pretexto de la venganza. No podría haberte conquistado de un modo habitual, no podría haberme casado contigo porque tu padre era mi enemigo.

–Él nunca fue tu enemigo.

–Entonces lo era. Para mí lo era. Al menos me concederás que aquello que uno cree es cierto para él. Veía a tu padre como el hombre directamente responsable de la ruina de mi hermano, lo cual lo convertía en culpable indirecto de su muerte. Aun así, me propuse arruinarlo, nunca quise tomar medidas más duras en mi desquite. Ojo por ojo, por así decirlo. Él podría recuperarse, volver a alcanzar una buena posición. Mi hermano estaba muerto, o eso pensaba yo, y tu padre no.

–¿Por qué me dices todas estas cosas que no tienen nada que ver conmigo? ¡Me sedujiste sin tener intención de casarte! Eso sí tiene que ver conmigo, reconócelo.

–Ya lo he admitido. Simplemente quería que supieses por qué creía que no podía casarme contigo, una razón que al final ha resultado ser falsa.

–Ya conozco esa razón. Mi padre me dijo que tu hermano no estaba muerto como tú creías. Él era tu causa, ahora ya no tienes ninguna. Eso no disculpa lo que ocurrió antes.

–Él te dijo eso, pero no te contó que yo ya había caído en la cuenta de que todo había terminado antes, antes de que tu padre llegase la mañana del día de Navidad. ¿Acaso no recuerdas lo que habíamos discutido antes de que se presentase en casa?

–Recuerdo que me decías que no podías casarte conmigo por culpa de mi padre.

–Después de eso, Rissa. Durante esa conversación, yo me di cuenta de que eras lo único que me importaba. Así te lo dije, intenta hacer memoria. La *vendetta* había terminado, al menos en lo que a mí concernía. Incluso traté de decirle a tu padre que no había pasado nada que no pudiese ser rectificado, pero me interrumpiste con tu interpretación de lo que había sucedido.

Después de admitir todas aquellas mentiras ¿iba a decirle a ella lo que debía creer? Sería una tonta si permitía que la embaucara de nuevo, ya lo era estando allí, frente a él, escuchándolo.

–¿Estás haciendo una confesión?

Probablemente fue su dureza la que hizo que se convenciera de que no estaba llegando a ninguna parte con ella, de que no había nada que pudiese abrir una brecha en el caparazón de amargura que la envolvía. La expresión de Vincent se volvió tan triste que casi la hizo llorar. Pero ella no iba a ceder, no, no iba...

–No, en realidad deberías saber también que estuve en tu habitación aquella noche, la noche en la que yo, despierto, casi me volví loco de tanto que te quería. La absurda historia del sonambulismo también era una mentira. Pusimos cerraduras en las puertas de tu habitación porque no confiaba en que no volviese a introducirme de nuevo en tu dormitorio sin permiso.

–¿Y todo lo que me contaste de tu pasado para ganarte mi compasión? –le recordó–. Todo mentiras también.

–Tu comprensión es algo maravilloso, Rissa, y sí, la usé. Pero no fue necesario inventar un doloroso pasado para despertar tu lástima. Todo lo que te conté de mi infancia era cierto. Nunca antes le había contado esas cosas a nadie, puesto que desprecio los sentimientos de lástima. –Sonrió irónicamente–. Aunque admito que quería tu lástima. Tu compasión es algo asombroso.

–Tus mentiras fueron vanas.

–Perdona, ¿cómo has dicho?

–Podría haberte dejado en cualquier momento si de verdad hubiese querido hacerlo. Tus mentiras no me hubiesen detenido.

–Tenías un hermano en el que pensar, no estabas tú sola. Además, no podrías haberte marchado sin dinero.

–No, desde luego, pero había algunos bienes valiosos almacenados en la oficina de mi padre de los que nunca te hice mención. Entre ellos una pintura firmada y varios mapas antiguos que mi padre tenía intención de vender, pero que no llegó a hacerlo antes de marcharse. Los mapas podrían haber alcanzado un buen precio.

–Y la pintura es *La ninfa*.

–¿Cómo lo sabes? –Larissa parpadeó perpleja.

–Una suposición lógica –contestó lanzando una hueca carcajada–, puesto que llevo varios meses buscando esa pintura para un cliente. Se sabía que pertenecía a un naviero, pero no exactamente a quién.

–¿Y por qué esa pintura en concreto?

–¿La has visto?

–En realidad –contestó frunciendo el ceño–, recuerdo que mi padre se apresuró a sacarme del almacén la última vez que fui a la oficina, antes de que se hiciese a la mar, porque no quería que la viese. Dijo algo acerca de que no era adecuada para que la viesen ojos inocentes, así que supuse que se trataba de un desnudo.

–En efecto, pero uno demasiado subido de tono para cualquiera que lo vea –replicó–. Y mi cliente estaría dispuesto a pagar medio millón de libras por el cuadro.

–¿Acaso está loco? –La sorpresa le hizo parpadear de nuevo.

–No, pero es muy excéntrico y tiene más dinero del que puede gastar.

–Te estás burlando de mí. Y eso no me parece nada apropiado dadas las circunstancias; pero no sé por qué debería sorprenderme.

–Te juro que no es así –dijo con un suspiro–. Se trata de Jonathan Hale, tiene tantas ganas de echarle el guante a esa pintura que me contrató para localizarla. Ahora ya la he encontrado. Es una de tus posesiones. Estoy seguro de que se pondrá en contacto con tu padre en cuanto se lo diga.

–¿Por qué habrías de decírselo cuando es algo que supone un beneficio para mi padre? ¿Ya lo habrás pensado, no?

–Si dejas de sospechar acerca de mis motivaciones lo suficiente como para pensar acerca de lo que te he dicho hoy, tú misma encontrarás la respuesta. ¿Nunca has hecho algo de lo que después te hayas arrepentido amargamente?

–¿Aparte de conocerte a ti?

La pregunta hizo ruborizar a Vincent; aun así continuó hablando sin darle tregua.

–¿Acaso no me contaste cuánto despreciabas a tu padre por haberos llevado a Londres, y te arrepentías de cómo lo habías tratado por ello?

–¿Estás comparando esos detalles de chiquilla con lo que me hiciste? –preguntó incrédula.

–No, simplemente estoy recordándote que nadie es perfecto. No siempre nos comportamos de forma acorde con nuestras aspiraciones. A menudo actuamos bajo emociones que no deberíamos desatar. Yo no estaba acostumbrado a controlar mis sentimientos, Rissa. Santo Dios, estaba convencido de la estúpida idea de que ni siquiera tenía sentimiento alguno, pues había pasado años sin que nada me provocara emociones. Entonces te conocí y de pronto tuve demasiados sentimientos agitándose a un tiempo.

Una calidez dorada volvía a brotar de sus ojos. Ella comenzó a asustarse. Se las arregló para mantenerse incólume ante su proximidad o, al menos, para dar esa impresión. Pero no creía que pudiese resistirse de nuevo a ser devorada por los seductores ojos de Vincent.

–Si has terminado, vete, por favor.

–Rissa, te quiero. Si no vas a creer nada de lo que vaya a decirte, por lo menos cree eso.

Fue ella quien se marchó. Corrió escaleras arriba y fue a esconderse tras una puerta cerrada con llave para llorar tranquilamente. Deseaba que no hubiese ido a verla. Deseaba que esas últimas palabras no la hechizaran, pero sabía que lo harían.

26

Larissa no bajó a cenar aquella noche. Su familia regresaría a Londres por la mañana, lo cual le permitía usar el pretexto de tener que preparar el equipaje para evitar una última noche de vida social. Toda una delicadeza por su parte, ya que así no haría víctimas de su amargo estado de ánimo a los Applebee.

¿Cómo podría haber sido tan desafortunada de bajar las escaleras en el preciso instante en que conducían a Vincent a través del vestíbulo? ¿Y tan estúpida como para no coger el camino de los cobardes, como le había indicado su primer impulso, en vez de concederle la oportunidad de que hablase con ella?

Ella podría haberse recuperado con el tiempo, sin escuchar su gran confesión. Ahora sabía lo peor, pero también lo mejor... si pudiese creerlo. Allí estaba precisamente el problema y también la fuente de su pena, que no podía creerlo.

¿Cómo podría confiar otra vez en él después de que le hubiese mentido tan descaradamente? Nunca antes la habían engañado, nunca se lo hubiese figurado. Vincent estaba esperando demasiado de ella, que lo perdonase, que olvidase, que lo aceptase como si él estuviera libre de toda sospecha. ¿Cómo podría hacerlo, cuando él podía mentir de un modo tan convincente, tan experto, que ella nunca sabría cuándo estaba siendo sincero?

Por supuesto que todo el mundo cometía errores y tenía sus defectos, pero no todos eran tan despiadados en sus faltas como lo había sido Vincent. Cualquier otra podría pasarlo por alto alegando que lo único importante era el amor, pero Larissa tenía muchas dudas como para que esa otra fuese ella. Sí, todavía lo amaba, el desgarro que sufría en el corazón lo hacía amargamente claro. Pero ella despreciaba todo lo que le había hecho y nunca lo superaría lo suficiente como para perdonárselo.

Larissa temía ir a la cama, pues sabía que aquella noche apenas podría dormir. Por eso, cuando su padre llamó a la puerta, lo agradeció infinitamente, aunque no así el asunto que iban a tratar.

–Me han informado de que hoy mismo lord Everett te ha hecho una visita –dijo en cuanto se reunió con ella frente a la chimenea francesa, donde se hallaba sentada mirando ensimismada las danzantes llamas–. No me había parado a pensar que pudiera seguirme hasta aquí para encontrarte; de otro modo no hubiese consentido que le permitieran atravesar la puerta. Espero que sepas que he prohibido que te vea, bajo cualquier circunstancia, por supuesto.

–Está bien –replicó–. Dudo que intente volver a verme de nuevo.

–¿Lo has rechazado, entonces?

–¿Sabía lo que me iba a preguntar, padre?

–Deduje cuál sería su propósito, sí. Lord Everett argumenta que te ama. ¿Tienes razones para dudarlo después de la experiencia que has pasado con él?

–Sí... no –se corrigió y, con un suspiro de frustración añadió–: Ya no sé qué pensar.

–Lo siento, Rissa. Sé que no has querido hablar de lo que sucedió, pero me hago cargo, dado tu estado de melancolía, de que amas a ese hombre.

–Lo amé, pero ahora ya no.

–Podría ser fácil pasar del amor al desamor con unas sencillas palabras –sonrió amable–. Mira, toma; cógelas y lee –dijo tendiéndole dos cartas–. Las tengo en mi poder desde hace varios días. No pensaba mostrártelas, pues podrían disgustarte de nuevo, pero quizás esa decisión haya sido un error por mi parte.

–¿De qué me está hablando?

–De esas cartas. Me las entregaron cuando Everett me transfirió las escrituras de nuestra casa. No sabía que me las había dado hasta que se marchó. ¿Qué es lo que sabes acerca de su hermano?

–No mucho, la verdad. Apenas hablaba de él. Cuando lo mencionaba era siempre como referencia a la infancia, que fue patéticamente solitaria... según dijo, a no ser que fuese otra de las muchas mentiras que me contó.

–¿No lo crees?

–Sinceramente, ya no sé qué creer o no. En cuanto a Albert, no estuvieron muy unidos a excepción de un breve período de tiempo durante su juventud. Verá, Albert era el favorito de sus padres, lo llevaban a todas partes mientras que Vincent nunca estaba incluido en esas salidas. Deduzco que Vincent tenía la costumbre de tapar los errores que cometía su hermano, pero, tal como lo veía él, era una tarea inherente a su relación fraternal. Pero, cuidado, todo lo que le he dicho es información directa de Vincent, un conocido mentiroso.

–Entonces, encontrarás estas cartas muy esclarecedoras –señaló, sin hacer caso del amargo tono de voz de su hija.

Larissa lo miró a los ojos esperando alguna explicación posterior, pero no la hubo. Su padre simplemente señaló con la cabeza las cartas que ella tenía en la mano. Larissa leyó las dos. Eran las cartas de Albert Everett a su hermano Vincent. Tuvo que releer la primera para entender bien su sentido, luego la leyó una vez más.

–Esta primera –dijo al fin– te retrata como un perfecto ruin, ¿verdad?

–Sí, típica de un asqueroso crío llorón. Incluso el propio Albert admite en la segunda misiva que todavía no había madurado, al menos hasta el punto de tomar plena responsabilidad de sus propios actos.

–¿Creería que Vincent podría haberlo sabido?

–¿Saberlo cuando, según me has dicho, no mantenía una auténtica relación con su hermano?

–¿Lo está defendiendo, padre? –preguntó incrédula.

–No, pero trato de ver todo este embrollo desde su punto de vista... y a buen seguro que, si se diese el mismo cúmulo de circunstancias en mi familia, yo probablemente hubiese actuado del mismo modo que él. En realidad, podría haber actuado mucho peor con quien hubiera arruinado a un miembro de mi familia hasta el punto que decidiera suicidarse.

–Pero la venganza es un sinsentido. Son sus palabras, y nos ha criado haciéndonos creer esa premisa.

–La venganza lo es, sí, sobre todo cuando no tienes los medios para infligirla. Pero cuando tienes una víctima a la que se ha empujado hasta el punto de suicidarse y el único responsable de ello escapa sin afrontar las consecuencias, entonces es cuestión de buscar la justicia en el culpable.

–Es cierto, lo está defendiendo.

–No, porque no conocemos todos los detalles, y nunca los conoceremos –dijo riéndose entre dientes–. Incluso Albert admite que bebía compulsivamente cuando ocurrieron aquellos acontecimientos; por lo tanto, no recuerda qué hizo para caer tan bajo. ¡Señor...! Dados los hechos que conocemos, los argumentos de Everett son difícilmente rebatibles.

–No si se hubiese molestado en averiguar qué clase de hombre es usted, padre –insistió–. Usted nunca hubiese hecho algo tan reprobable...

–No necesitas mostrarte indignada conmigo en este último punto, Rissa –otra risita–. Se acabó, y nuestra posición se ha favorecido a causa de ello. La única víctima eres tú, pero incluso eso se puede arreglar.

–¿Casándome con él? –gruñó.

–Sólo tú puedes decidir tu destino en ese aspecto –replicó. Se dirigió hacia la puerta y allí se detuvo lo suficiente para añadir–: He leído esa primera carta una y otra vez y después he especulado un poco con lo que podría haber ocurrido si... Sugiero que hagas lo mismo. Lee esa carta e imagina que es de Thomas... hecho un hombre, claro. Pero imagina que es él quien te la escribe, y luego pregúntate qué hubieses hecho tú.

27

Vincent no sabía exactamente cómo había sucedido, pero ahora Jonathan Hale lo consideraba su mejor amigo. Irónicamente, Jon no estaba muy descaminado. Ciertamente, Vincent agradecía su compañía. El barón suponía que debería ser porque necesitaba algo de distracción, pero Jon se encontraba mucho más tranquilo pensando que eran amigos, lo cual le hacía ser más divertido, y Vincent disfrutaba de su compañía. De todos modos, a Vincent no le costaba mucho darse cuenta de que sin las visitas de Jon y su agradable conversación, no tendría un escape para el doloroso ensimismamiento que, de otro modo, hubiese ocupado su mente desde el amanecer hasta el ocaso.

El fracaso también le resultaba una experiencia extraña. Había obtenido éxito en casi todos sus empeños, menos en aquel que era el más significativo para él, el único que en realidad le importaba. Qué arrogante había sido al creer que podría convencer a Larissa de que le diese una segunda oportunidad sólo con hablar con ella. La muchacha todavía estaba preocupada por él, lo había visto en sus ojos. Pero no era suficiente. ¿Habría algo que lo fuese? Poner a sus pies todas sus mentiras, hasta los más nimios engaños, para tratar de comenzar de nuevo, no había surtido efecto.

Confiaba en que simplemente hubiese sido demasiado pronto, y que fuera necesario esperar más tiempo para que el mordiente filo de la decepción se embotase. Pero si ella no encontraba en su propio corazón cómo perdonarlo, o al menos entender la razón para hacer lo que había hecho, entonces ningún período de tiempo sería lo suficientemente largo para conseguir su indulgencia.

Jonathan tuvo un último beneficio tras la visita de Vincent a Portsmouth. Los Ascot no se habían aprovechado de él, a pesar de saber lo mucho que hubiese pagado por *La ninfa*. George le había cobrado el valor que a su juicio tenía la pintura, el cual era mucho menor que la comisión que recibió Vincent. Ascot realmente parecía ser un hombre tan honesto como Larissa lo había descrito. Esto último hacía que Vincent se sintiese más miserable aún.

¿Cómo podía uno vivir con ello, cuando había rehusado cortar los lazos que lo atrapaban?

Uno de los lazos que Vincent no había permitido que desapareciese era el árbol de Navidad del salón. Podría pudrirse hasta que no fuese más que un montón de ramas secas. Estaría allí hasta que Larissa regresase a recoger los adornos.

Jonathan estaba en lo cierto; los ornamentos del árbol eran valiosos para ella y Vincent, contando con ello, esperaba que no mandase a nadie a recogerlos y llevárselos, sino que vendría ella en persona a buscarlos. Cuando llegase, no encontraría un baúl con sus cosas que pudiese llevarse casi de inmediato sino que tendría que pasar algún tiempo quitando los adornos del árbol con sus manos.

Esa era su última esperanza. Pasar un rato con ella. Quizás ella también se acordase del breve instante de diversión del que disfrutaron mientras decoraban el árbol. Vincent contaba con eso y con otras remembranzas asociadas a esa casa que le recordasen a Larissa lo feliz que podrían ser sus vidas si le diese otra oportunidad.

Tomó sus precauciones; sólo salía cuando le era absolutamente imprescindible. Ella podría pensar que podía llegar y marcharse sin verlo, pero Vincent había dado órdenes estrictas para que lo avisasen de inmediato si ella aparecía por allí y que no la permitiesen entrar si no estaba él. Así la obligaría a regresar cuando estuviese en casa. Así confiaba que fuese.

Larissa llegó y lo hizo a última hora de la mañana, cuando él estaba en casa; por lo tanto no trataba en absoluto de evitarlo. La encontró esperando en el vestíbulo, donde le habían indicado que aguardase. Parecía nerviosa. Vincent no lo apreció con facilidad, pues la belleza de la muchacha lo embargaba, pero lo notó. El labio inferior dejó de temblarle en cuanto lo vio y entrelazó sus manos con fuerza frente a ella.

Quizá fuese el nerviosismo más que su deseo de abandonar el lugar cuanto antes lo que hizo que comenzase a hablar de inmediato.

–He venido a recoger nuestros adornos de Navidad. No he podido venir antes a llevármelos.

–Entiendo que prefieras no verme.

–No es eso. Simplemente quería que, por una vez, disfrutases de un auténtico árbol de Navidad. Nosotros lo hicimos, compartiendo el de los Applebee para celebrar las fiestas. Tú no lo harías. Si hubiéramos despojado el árbol de los adornos lo hubieras dejado así.

–¿Por qué?

–No te entiendo.

–¿Por qué te importa tanto? –preguntó.

–Porque era tu primer árbol.

–¿Y qué? He pasado todos estos años sin tener ninguno. Podría pasar el resto de mi vida igual.

–Por esa misma razón, porque no te importa. Y porque me entristece que te traiga sin cuidado.

–Rissa, un árbol de Navidad no es nada si no tienes con quién compartirlo –sonrió con dulzura–. Tú misma lo has dicho. El árbol simboliza una época que se celebra compartiéndola con los demás. Vamos. Compartámoslo por última vez.

Vincent se dirigió al salón sin esperarla, pues sabía que lo seguiría. Estaba bastante orgulloso del aspecto del árbol y lo contemplaba entusiasmado cuando ella entró en la sala. Ella estaba notoriamente sorprendida. Vincent había esperado una sonrisa; en vez de ello, encontró una expresión de sorpresa.

–Lo has cambiado. Has comprado uno nuevo; ¿por qué?

–Es el mismo árbol –apuntó–. Lo he estado mimando, lo he regado dos veces al día y ha decidido conservarse un poco más.

Bromeaba insinuando que el árbol hubiese tomado su propia decisión, pero Larissa era demasiado sentimental como para no estar de acuerdo con ello y, con la sonrisa que él había esperado ver, dijo:

–Y así lo ha hecho, y con bastante gallardía además. Nunca creí que fuese a quitar los adornos de un árbol que pareciese tan sano y fuerte como éste. ¿Seguro que no has traído uno nuevo?

–¿Acaso no te aseguré que no volvería a mentirte de nuevo?

La muchacha se sonrojó. Allí estaba todo de nuevo, interponiéndose entre ellos, todo lo que él había hecho, todo lo que él lamentaba. Y había sido algo más que estúpido sacando el tema tan pronto. Vincent quería que ella se relajase primero para que recordara la diversión que habían compartido en esa sala.

–¿Te das cuenta de que decir eso no es una garantía, pues la propia garantía puede ser una mentira?

–Tu duda es evidente, Rissa, y comprensible. Pero ¿te has parado a pensar que la mayor parte de las mentiras eran para mantenerte aquí? Te quería tanto que hubiese hecho cualquier cosa que estuviese en mi mano para que hubieses venido deseosa a mí. Siento los engaños relativos a tu padre; cometo errores y estoy muy lejos de ser perfecto. Pero no me disculparé por quererte, por hacerte el amor, ni por nada de lo que hice para hacerte mía aunque sólo fuese por un instante, porque decir que lo siento sería mentirte.

Aunque las mejillas de la muchacha se tornaron algo más brillantes a causa de la franqueza de Vincent, no replicó. Lo que hizo fue separarse de él para, sin tener que mirarlo, poder contemplar el árbol. La expresión del rostro de Larissa no le ofrecía ninguna pista de su estado de ánimo, a no ser el de estar pasando un cierto apuro.

–Nunca pensé casarme –dijo, intentándolo una vez más–. También pensaba que nunca me enamoraría. El amor era una emoción ante la cual me sentía inmune, hasta que llegaste tú para demostrarme que estaba equivocado. Ojalá me hubiese dado cuenta de ello antes del día de Navidad. Si lo hubiese admitido, nos hubiésemos comprometido antes de que llegase tu padre; demonios, te hubiese llevado a rastras hasta la parroquia de Gretna Green para asegurarme de que estaríamos casados antes de su regreso.

Hizo una pausa, esperando lleno de confianza, pero ella continuaba mirando pensativa el árbol. Era su última oportunidad y ella lo estaba rechazando con su silencio. Claro que eso constituía una respuesta en sí y ella había tenido tiempo suficiente para afianzarse en su decisión, pero él no se había anticipado a su indiferencia.

Se colocó detrás de ella, comenzó a alzar sus manos para posarlas sobre sus hombros, pero se detuvo pues ella podría escapar si la tocaba.

–Rissa, di algo.

–He leído las cartas de tu hermano.

–¿Y?

–Y yo quizás hubiese hecho lo mismo que tú.

Estas palabras lo dejaron paralizado, cortándole la respiración.

–¿Estás diciendo que me perdonas?

–Estoy diciendo que te quiero y que no encuentro el modo de evitarlo.

No le dio la oportunidad de retractarse o tratar de corregir el sentido de las palabras que acababa de pronunciar. La abrazó con fuerza para estrecharla contra sí y le dio un profundo beso. Que ella sollozase casi al instante, era la respuesta que estaba esperando y que lo llenó de alivio. Apenas habría una habitación lo bastante grande para contener su júbilo. ¡Ella era suya de nuevo! Y esta vez no pensaba perderla.

–¿Viniste con la intención de perdonarme? –dijo.

–Podría ser.

La ancha sonrisa de ella era contagiosa, él se la devolvió y la abrazó con más fuerza.

–Fúgate conmigo.

–No, en esta ocasión lo haremos del modo correcto. Tendrás que hablar con mi padre.

–Ya ha expresado claramente sus sentimientos –gruñó–. Y no le gusto.

–Descubrirás que ha cambiado de opinión al respecto –le confesó–. Sabe que te amo. Fue él quien me hizo ver que estaba siendo demasiado dura contigo pero, si estoy equivocada, entonces podremos fugarnos.

–Estás hablando en serio, ¿verdad? –preguntó asombrado.

–Permití que mi dolor gobernara mi corazón –dijo abarcándole sus mejillas dulcemente con las manos–, a pesar de que en lo más profundo de mí tenía la certeza de que todavía eras el hombre al que amaba. Siento que costara tanto tiempo que mi corazón se hiciese cargo de las cosas...

–Chsss... Eso no importa ahora. Nada importa, excepto que estamos juntos de nuevo. Hablaré con tu padre de inmediato.

–Antes me ayudarás con el árbol de Navidad.

–Sabía que este árbol nos uniría de nuevo –dijo con una risita.

–Casi da vergüenza quitarle las cosas cuando aún está verde.

–Pues no lo hagas –propuso–. ¿O eso forma parte del ritual?

–No, más bien es como darle un descanso a la Navidad hasta el año que viene.

–¿Quién ha dicho que hay que ponerla a descansar? Yo prefiero mantener esa idea de compartir.

–Para eso no necesitamos el árbol –dijo sonriendo, mientras alzaba una mano hasta alcanzar el árbol.

–No, nunca supuse que hiciese falta.

Le llevó la mano a los labios y se la besó.

28

–¡Oh, es mi...

Las palabras no expresarían lo gratamente sorprendida que estaba Larissa, era mucho más significativa su estupefacción cuando vio aquella enorme pintura colgada a la cabecera de la cama de Vincent.

Se habían casado esa misma mañana, con una sencilla celebración para amigos íntimos y familiares. El vizconde Hale quería dedicarles la mayor fiesta que Londres hubiese visto jamás, pero Vincent la rechazó con firmeza, mencionando algo sobre los teatros y lo que pasó la última vez que la desocupada nobleza había visto a Larissa y también alegó que quería guardarla para sí hasta que su matrimonio estuviese definitivamente asentado.

Jonathan lo comprendió a la perfección, si bien Larissa no. Ella había disfrutado enormemente con el teatro, pero ciertamente no estaba segura de encontrar esa diversión en una fiesta que arrasase Londres así que se mostró bastante contenta cuando su esposo declinó la oferta.

Su padre había recibido a Vincent en la familia con los brazos abiertos, tal como ella había predicho. En cambio Thomas no, pues había sido testigo del torbellino emocional en el que había caído su hermana al enamorarse, y culpaba a Vincent de todas las lágrimas que había derramado la muchacha; por lo tanto Thomas había adoptado una actitud expectante hacia el barón. Para él, Vincent debería demostrar que era capaz de hacer feliz a su hermana. Larissa sabía que no podría durar mucho tiempo así, pues ya se sentía más dichosa de lo que jamás se hubiese imaginado.

–Oh, mi... –repitió, provocando que esta vez Vincent se riese cuando se colocó junto a la cama, tras su mujer.

Larissa miraba fijamente a una exquisita, hermosísima joven desnuda retozando con cuatro faunos en el claro de un bosque. Eso sería una modesta descripción del cuadro titulado *La ninfa*. La escena descrita era en realidad mucho más escabrosa y cualquiera que tuviese un poco de imaginación podría suponer lo que le viniese en gana.

–Es nuestro regalo de bodas, de parte de Jonathan –explicó Vincent con las manos descansando sobre los hombros de ella.

–No tenemos por qué tenerla aquí, ¿verdad?

–No, desde luego que no –respondió con una carcajada–. De hecho es sólo un préstamo. Espera que se lo devuelva, aunque no dudo que se alegre de verse libre de esta pintura durante un tiempo. Está de algún modo sorprendido de haber descubierto que el notable efecto que se le atribuye a este lienzo es cierto, al menos en su caso. –Le explicó brevemente la historia de *La ninfa*, para terminar diciendo–: El día que la llevó a su casa, después de pagar la cantidad estipulada a tu padre, acabó visitando a cuatro de sus amantes; una experiencia bastante agotadora, me lo puedo imaginar.

–¿Él tiene tantas... damas... amigas? –preguntó volviéndose hacia Vincent y mirándolo con los ojos muy abiertos.

–Tiene más de cuatro –contestó acariciándole el cuello–. Pero sólo pudo arreglárselas para visitar a ésas aquel día.

–Y pensar que creía que tenía intenciones de casarse conmigo –bufó un poco indignada–, o esa fue la impresión que me dio.

–Oh, sí, sí que las tenía –dijo Vincent con una amplia sonrisa–. De verdad, quería casarse contigo.

–¿Casarse cuando mantiene relaciones con tantas mujeres? –preguntó con un gruñido.

–Lo que te hubiese ofrecido con el matrimonio habría sido más dinero del que puedas imaginar, en ningún caso fidelidad. Él hubiese sido muy franco contigo en ese aspecto, creo, explicándote que la variedad es la sal y pimienta de la vida. Al final sería decisión tuya aceptar o no esa clase de matrimonio.

–¿De verdad pensaba que podría...? La única palabra que se me ocurre es «comprarme».

Vincent sonrió. Sus pulgares comenzaron a acariciarla trazando círculos en las mejillas, después en los lóbulos de las orejas.

–Él así lo esperó. Durante una temporada te convertiste en uno de sus objetivos. Pero pronto descubrió tu auténtico interés, y el mío, y se quitó del medio sin guardar ningún rencor. En realidad me considera su mejor amigo y está encantado con la idea de que te hayas casado conmigo en vez de con él.

–¿Un amigo te puede dar algo como eso? –inquirió señalando el cuadro con la cabeza.

–Es un chiste, corazón, no muy afortunado puesto que no tiene nada que ver con el amor, lo único que sugiere es sexo, pero no tuvo mala intención con ello. Parece que no obra el mismo efecto en mí que el que tiene sobre él.

–¿No?

–Algunas personas se estimulan con lo que ven, como es el caso de la pintura. Para otras, la visión no conlleva nada especial y el tacto es su único estímulo, pues debe ser algo que realmente puedan sentir. Para otros ha de existir una motivación sentimental que tenga que ver con el corazón.

–¿Entras dentro de la tercera categoría?

–No sé a cuál hubiese pertenecido antes de conocerte, pero estoy bastante seguro de cuál es la actual. Es el amor lo que marca la diferencia para mí. Tú eres mi único estímulo.

Larissa no era inmune a las caricias que él le prodigaba, pero sus palabras la estremecieron más allá de lo conmensurable.

–Creo que esta noche deberíamos pasar por las tres categorías –dijo jadeando–. Aunque mis preferidas sean las dos últimas.

–Yo dejaría a un lado la primera –propuso Vincent.

Fue hasta la cabecera de la cama y le dio la vuelta al cuadro para ocultar la escena. Pero ninguno supuso que el reverso también contendría una pintura idéntica a la que estaban viendo. Ambos estallaron en carcajadas.

–Es muy divertido –concedió Larissa–. Incluso aunque el artista supiese que no todo el mundo iba a descubrirlo. Debería tener la firme determinación de que su obra nunca quedara oculta a la vista, ¿verdad?

Vincent, con una sonrisa de oreja a oreja, tomó una de las sábanas de la cama y tapó la pintura con ella.

–Pues yo tengo la firme determinación de que nuestra noche de bodas sea perfecta en todos los sentidos.

Volvió a situarse frente a ella, tomando su cara con las manos. Un brillo dorado iluminaba sus ojos, a pesar de que por un momento, su expresión fuera grave.

–Te quiero tanto que no sabría cómo decírtelo. Has traído luz donde antes no había sino oscuridad. Yo existía, sí, pero no vivía, ¿entiendes qué es lo quiero decir? Has llenado un vacío en mi vida que no sabía que existía.

–No sigas, no me hagas llorar –dijo con lágrimas humedeciendo sus ojos azul turquesa.

Vincent le dedicó una sonrisa cargada de ternura antes de estrecharla contra él.

–No me importan tus compasivas lágrimas, pues sólo me muestran cuánto me amas.

–Preferiría mostrártelo de otro modo.

–Ya lo haces. Me lo demuestras de muchas maneras diferentes, pero nunca será suficiente para mí. Estoy muy contento de que seas mi esposa, Rissa. Te prometo que haré que tú también lo estés, todos los días durante el resto de tu vida.

Larissa se enjugó las lágrimas y le regaló una brillante sonrisa.

–Ya has comenzado a hacerlo.

Título de la edición original: *Home for the Holidays*
Traducción del inglés: Ignacio Alonso,
cedida por Random House Mondadori, S. A.
Diseño: Eva Mutter
Ilustración: Basilius Besler

Círculo de Lectores, S. A. (Sociedad Unipersonal)
Travessera de Gràcia, 47-49, 08021 Barcelona
www.circulo.es
1 3 5 7 9 3 0 1 1 8 6 4 2

Licencia editorial para Círculo de Lectores
por cortesía de Random House Mondadori, S. A.

Depósito legal: B. 39207-2003
Fotocomposición: Fotoletra, S. A., Barcelona
Impresión y encuadernación: Printer industria gráfica, s. a.
N. II, Cuatro caminos s/n, 08620 Sant Vicenç dels Horts
Barcelona, 2003. Impreso en España
ISBN 84-672-0339-0
N.º 08763